'좋아요'를
눌러 줘!

'좋아요'를 눌러 줘!

토마스 파이벨 지음 | 함미라 옮김

주니어김영사

차 례

'온 쇼(ON SHOW)'에 가입해!

너에겐 말해야겠어. 하지만 진짜진짜 아무에게도 말하면 안 돼! 다른 애들은 몰라도 너라면 믿을 수 있거든. 너한테 얘기한 비밀은 정말로 비밀로 남는다는 거, 그래서 사람들에게 곧바로 새어 나가는 일이 없다는 거, 잘 알고 있어. 친구를 믿지 못하면 누굴 믿겠니? 하지만 사실 난 지금까지도 야나와 내가 진짜 친구였는지 스스로에게 묻곤 해······.

야나는 여름방학이 끝난 뒤 함부르크에서 우리 반에 새로 전학 온 아이야. 마침 비어 있던 내 옆자리에 그 아이가 앉게 되었는데, 그때부터 갑자기 남자애들이 우리 쪽을 보기 시작했어. 몰래 힐끗힐끗 쳐다보는 아이들이 있는가 하면, 뚫어져라 쳐다보는 아이들도 있었고, 적은 숫자이긴 했지만 야나 때문에 얼굴이 빨개져서 타 버리진 않을까 걱정되는 아이들도 있었지. 주로 여자애들에게서나 일어날 법한 일이 요제프 바이첸바움 게잠트슐레*의 남학생들 사이에서 일어난 거야. 여자애들은 야나를 부러워하며 따라 하는 아이들과, 미워하는 아이들로 나뉘었지.

왜냐하면 야나 마리아 볼프는 정말 멋쟁이였거든. 긴 금발 머리를 늘 다른 스타일로 꾸미고 다녔어. 풀어헤친 긴 생머리였다가, 곱슬머리처럼 고불고불하게 말았다가, 어떤 땐 올림머리를 하고 올 때도 있었고, 레게 머리처럼 여러 갈래로 땋아서 늘어뜨리기도 했지. 하루도 화장을 거르고 학교에 온 적이 없었고, 늘 굽이 높은 구두만 신고 다녔어. 맹세하는데, 십 센티미터 이하로는 절대로 신지 않았다니까. 그래서 열네 살인 우리들보다 머리 절반 정도는 더 커 보였어. 그 애와는 정반대로 나는 늘 부스스한 짧은 갈색 머리에 줄무늬 티셔츠와 운동화 차림이었어. 무엇보다 그 아이의 가지런한 치아가 나는 가장 부러웠어. 나는 열네 살 생일까지 철사로 된 단단한 치아 교정기를 무조건 끼고 다녀야 했기 때문에 그 아이의 가지런한 치아가 그렇게 부럽더라고. 그 아이가 웃으면 하얀 치아가 고스란히 드러났어. 다만 잘 웃지 않아서 그 치아를 보기가 쉽지 않았지. 그 아이는 거의 없는 듯이 지냈어. 그래서 처음엔 그 아이에게 다가가는 아이들도 거의 없었어. 나도 매일 그 애의 옆자리에 웅크리고 있었지만, 고작해야 한두 마디나 나눴을까? 그렇잖아도 어차피 그 애와는 제대로 이야기를 나

---

*독일의 인문계열 학교인 김나지움과 상업계열 학교인 레알슐레, 인문과 상업계열에 대한 선택의 여지가 있는 하우프트슐레를 합친 종합학교.

눌 수 없었어. 그 애는 쉬지 않고 아이폰을 갖고 놀았으니까. 가짜 보석이 박힌 분홍색 케이스를 씌운 아이폰이었어. 그에 비하면 내 휴대전화는 낡고, 사이사이에 흙 때가 낀 오래된 고물에 불과했지. 우리학교에선 휴대전화 사용을 엄격하게 금지했기 때문에 나는 대개 휴대전화를 끈 채로 가방 깊숙이 넣어 두었어. 하지만 야나는 규칙이 뭐 별거냐는 듯이 굴며 끊임없이 아이폰을 확인했지. 심지어 수업 시간 중에도 그랬지만 단 한 번도 선생님한테 걸린 적이 없었어. 주로 누군가 '온'에 게시물을 올리면 보거나, 직접 댓글 몇 줄을 쓰곤 했어. 하지만 멀리 이사 와서 예전 친구들이 그리울 때면 나라도 그렇게 했을 거야.

야나와 내가 친해지게 된 건 내가 엄마 아빠가 사용하는 우리 집 컴퓨터로 소셜네트워크인 '온'에 가입하게 되면서부터야. 나는 내 실명인 '카로 리프쉬츠'로 그 아이에게 첫 친구 신청을 했어. 놀랍게도 내가 친구 신청을 보낸 지 몇 초도 안 되어 그 아이가 친구 수락을 했다는 알림 메시지가 왔어. 야나에겐 벌써 400명이 넘는 친구들이 있더라. 나는 '온'에 가입한 지 하루만이라 고작해야 열두 명의 친구밖에 없었지. 특별히 좋아하지도 않는 나의 사촌들까지 포함해서 말이야. 나는 호기심에 끝도 없이 올려놓은 그 아이의 사진첩을 클릭해 보았어. 내가 인상적으로 본 사진들은 대부분 그 아이가 집에서 찍은 것들이었어.

돛단배와 정박지를 갖춘 공원 같은 정원에 있는 야나. 대형 수영장

앞에 있는 야나. 그리고 그 와중에도 늘 손에서 떠나지 않는 아이폰.

한마디로 내 눈에 야나는 모든 걸 다 가진 완벽한 여자애였지. 그 아이의 삶에서 굳이 꼽을 만한 단점이라면 공부를 썩 잘하지 못한다는 것. 특히 수학은 어떻게 저럴 수 있나 싶을 정도로 바닥을 쳤지.

"과외를 받아 보지 그러니?"

수업을 마치고 나는 야나에게 물었어.

"그건 우리 아빠가 질색하셔."

야나는 부지런히 아이폰 자판을 두드리며 건성으로 대답했어. 그러면서 나를 맹인 안내견처럼 활용했어. 내가 뛰면 자기도 뛰고, 내가 멈춰 서면 자기도 멈춰 서는 식으로 말이야.

"우리 아빠는 내가 스스로 공부해서 점수를 올려야 한다고 생각하셔. 아빠는 무엇보다도 하고자 하는 열의를 가장 중요하게 생각하시거든."

"우리 엄마 아빠와는 완전히 다르시네. 뭐든 항상 절약, 또 절약하면서도 내가 단 한 과목이라도 미를 받으면 당장 학원부터 알아보는데……."

나는 놀라서 그렇게 말한 다음 야나를 힐끗 보았어. 그때까지도 야나는 열심히 자판을 두드리고 있었어. 내 말을 귀 기울여 듣는 건지 도무지 알 수 없더라.

야나는 여전히 아이폰에서 눈을 떼지 않았어.

'세계적으로 알려진 사진 에이전시를 소유한 사람이 딸아이의 수학

성적이 미까지 떨어진 걸 알게 된다면, 아주 창피해할 텐데……'

나는 속으로 생각했어. 사진 에이전시 대표는 가끔 검은 양복을 입고 은색 포르쉐로 딸아이를 학교에서 데려가는, 과시욕이 강한 사람에게 딱 어울리는 직업이었지.

"그렇다면 더 잘됐네. 우리끼리 수학 스터디 그룹을 만들자!"

나는 야나에게 용기를 북돋아 주고 싶었어. 이건 야나가 매일 오후만 되면 수학 숙제 때문에 '온'에 한탄하는 걸 보고 얼마 전에 생각해 낸 거야. 이보랑 에디도 동참할 거고, 일주일에 적어도 두 번은 모일 계획이었어. 첫 번째 모임은 우리 집에서 하기로 했지. 내가 학교에서 가장 가까운 곳에 살거든.

야나는 별로 큰 기대를 하지 않는 것 같았어.

"내 생각엔 그렇게 한다고 나한테 도움이 될 것 같지 않아. 숫자의 세계는 외계어처럼 도무지 이해하기 힘든 세상이걸랑."

그러더니 허공에 대고 아이폰을 흔들며 말했어.

"젠장, 배터리가 거의 다 닳았네."

어린이 방은 이제 안녕!

우리가 모이기로 한 첫날, 솔직히 말해서 난 무척 흥분했었어. 그때까지 야나는 우리 집에 온 적이 없었어. 당연히 내 방은 그 아이의 방과 견줄 수가 없었지. '온'에 올린 야나의 사진들이 내 머릿속에서 떠나질 않았어. 야나의 부모님은 야나에게 없는 게 없이 다 갖춰진 멋진 빌라의 다락을 개조해 주신 것 같았어. 뭐랄까, 볼프씨 네는 돈에 관한 한 부족한 게 없어 보였어. 내 새 친구는 멋진 가구가 그득하고, 마루에 커다란 욕조를 둔 자기 소유의 집에서 살고 있다고 할 수 있지. 그런 집은 사실 우리 아빠가 일하시는 건축설계 사무소에 있는 고급 인테리어 잡지들에서나 볼 수 있는 것들이었어.

그런 생각을 하자, 난 벽으로 꽉 막힌 내 방과 비교하지 않을 수 없었어. 내 방은 완전히 어린이 방이었거든! 내가 할 수 있는 일은 이제 장난감들을 몽땅 상자에 집어넣어 몰래 지하실로 옮기는 것밖에 없었어. 또, 가슴이 아팠지만 그동안 모아 두었던 대형 고양이 브로마이드들과도 헤어질 수밖에 없었지. 이어서 주말엔 아빠와 함께 내 방을 새로 개조했고.

방을 고치고 나자 아빠는 책상과 책장, 알록달록한 작은 이케아 양탄자까지 사 주셨어. 무엇보다도 대박 사건은 내가 그토록 노리던 아빠의 구형 노트북을 나에게 넘겨주셨다는 거지. 드디어 엄마나 아빠에게 노트북을 써도 되냐고 물어볼 필요 없이 마음대로 노트북을 사용하게 된 것이었어. 앞으로 누구의 감시도 받지 않고, '온'에 접속할 수 있게 된 거야.

야나가 그걸 보고 어떻게 반응했을 것 같니?

그 아이는 마뜩잖은 눈길로 방금 변신을 끝내 페인트 냄새가 채 가시지 않는 내 방을 죽 훑어본 다음, 코트를 벗었어. 정말 세련돼 보였지. 야나는 평범하기 이를 데 없는 H&M 옷들을 고급스럽게 보이도록 잘 매치해서 입는 요령을 많이 알고 있었어. 이를 테면 허리띠나 목걸이, 머플러 같은 것들로 말이야.

"말도 안 돼! 너, 아직도 인형을 안고 자니?"

말없이 내 방을 훑어보던 야나가 내 침대를 가리키며 큰 소리로 말했어.

나는 놀라서 내 분홍색 토끼인형을 바라보았지. 한 쪽 귀가 떨어져 나간 토끼인형이 베개 옆에 왕처럼 떡하니 앉아 있지 뭐니! 아침에 엄마가 내 침대를 정돈하면서 올려놓았나 봐.

나는 서둘러 우스갯소리를 하며 상황을 바꿔 보려고 했지. 하지만 그 아이는 말할 틈도 주지 않고 아이폰을 들이대고 사진을 찍었어. 그러곤 뿌듯한 얼굴로 입을 비죽이며 나에게 아이폰을 내밀었어.

"네 얼굴 좀 봐!"

야나는 만족해하며 제 아이폰을 콘센트에 꽂았어. 충전하려고 말이야.

"이 사진, 최고다. 너, 이거 당장 '온'에다 새 프로필 사진으로 올려도 되겠다."

세상에, 네가 그 모습을 봤어야 하는데……. 당황해서 울긋불긋 붉은 점이 피어오른 얼굴하며, 거기에 맞추기라도 한 듯 분홍색의 깜찍한 토끼인형이 환하게 배경으로 나온 사진이라니!

곧이어 남자애들이 벨을 울렸어.

이보와 에디도 스터디 그룹에 끼다

아마 어떤 학교에서나 전 과목에 걸쳐 탁월한 실력을 발휘하는, 도저히 믿을 수 없는 아이들이 한 명쯤은 꼭 있을 거야. 그런 아이들은 제아무리 복잡한 문제라도 이해하지 못하는 법이 없고, 심지어는 전문가 뺨치는 실력으로 선생님들을 당황하게 만들 때도 있지.

우리 학교에 있는 이 척척박사님의 이름은 이보 츨리바크라고 해. 이 열네 살짜리 천재는 사실, 걸어 다니는 구글이었어. 하지만 이보는 그 말을 진짜 싫어했어. 우리 반 여자애들은 이보를 좀 무시하는 경향이 있었어. 외모도 꽤 괜찮은 편이었는데 말이야. 짙은 색 머리카락에 썩 큰 키는 아니었지만 중간 정도는 되었고 운동으로 단련되어 체격도 다부졌지. 헤르타 주니어*팀에 소속된 축구 유망주이기도 했거든. 그런 활약을 하는데도 그 아이의 주변엔 애들이 별로 모이지 않았어. 기껏해야 에디와 가끔 영화관에 가는 정도? 사실 이보는 뭐든 진지하게 받아들이는 유머감각 빵점에, 뼛속까지 따분한 별종이었거든. 넌 아마 짐작하고도 남을 거다, 그런 아이에게 수학 스터디 그룹을 하자고 물어보는 일이 쉽지 않다는 거. 그뿐 아니라 원칙적으로 '온'은 물론이고 그런 류의 소셜네트워크를 전적으로 거부하는 그런 아이와 개인적으로 말하는 것 역시 쉽지 않았지. 무엇보다도 그걸 물어보기 전까지 나는 그 애와 단 한 번도 얘기를 해 본 적이 없었고,

---

*베를린에 본거지를 둔 프로축구구단 〈헤르타 BSC 베를린〉에서 키우는 일종의 축구 꿈나무 교실 같은 것.

내가 말을 하는 사이사이 무표정하게 있을 때가 많아서 그 아이의 생각이 어떤지 도무지 확신이 서지 않았거든. 이보는 아무 말도 하지 않고 입을 꾹 다문 채, 입술이 허예질 때까지 한참 동안이나 검은 눈동자로 나를 빤히 바라보았어. 그러고는 결국 승낙해 주었지. 네가 보기엔 웃음밖에 안 나오겠지만, 우리가 난생 처음 나눈 대화의 분위기는 그랬어.

"얼른 시작하자."

에디와 함께 내 방에 들어오기가 무섭게 이보는 곧장 공부하자고 재촉하며 배낭과 스포츠 가방을 바닥에 내려놓았지.

"시간이 얼마 없어. 이따 축구연습 하러 가야 하거든."

"걱정 붙들어 매십시오, 숙녀님들."

에디가 빨간색 야구 모자를 벗어 들고 절하는 시늉을 하면서 말했어. 그러자 그 아이의 갈색을 띤 금발 머리가 앞으로 쏟아져 내렸지.

"숙녀님들께는 톱모델 급 몸매를 자랑하는 제가 있으니까요."

그러면서 해골이 그려진 티셔츠를 배꼽까지 올리고는 납작한 배를 믿기지 않을 정도로 볼록하게 내밀었어.

"야, 창피하지도 않냐!"

내 입에서 신음소리가 절로 나왔어. 에디와 내가 같은 나이라는 걸 믿을 수 없었어.

"창피하다니, 운동으로 단련된 내 배둘레햄을 보고 무슨 말씀!"

에디는 오히려 싱글벙글 웃는 얼굴로 반박했어.

에디는 늘 그렇게 듣도 보도 못한 말장난을 했어. 이를 테면 '바보 같은 소리 하고 있네.' 대신에 '인두로 납 녹이는 소리 하고 있네.'라던가, '싱거운 소리 하기는!' 대신에 '물에 똥 탄 소리 하기는!'이라는 식으로 말이야. 그런 다음엔 사실 하나도 웃길 게 없는 그 말에 저 혼자 쓰러질 정도로 웃어대곤 했지. 그런데 그게 묘하게도 중독성이 있었어, 적어도 나한테는. 하지만 야나는 나와 정반대로 그 아이에게 전혀 관심을 보이지 않았어. 아마 아직 그 아이의 별난 유머를 잘 이해하지 못했기 때문일 거야. 나 역시도 그걸 이해하기까지 꽤 많은 시간이 걸렸고, 심지어 지금까지도 그 아이나 그 아이가 하는 농담을 전부 다 이해하는 건 아니니까.

이를테면 에디는 커다란 오렌지색 이어폰을 끼지 않고 집 밖으로 나온 적이 없었어. 그래서 언젠가 그 아이에게 무슨 음악을 열심히 듣느냐고 물어본 적이 있었지.

에디: 멋진 음악.

나: 그렇구나, 멋진데! 그런데 멋진 음악 중에서도 특별히 어떤 음악?

에디: 그야, 내가 듣는 음악이지.

그렇게 말한 뒤, 빙그레 웃어 보이는 거야. 대꾸할 힘이 쏙 빠지게 말이야. 내가 무슨 말을 하는지 알겠지?

그렇다면 내 비밀을 말할 수 있을 것 같다.

그래, 난 에디를 좋아해.

'온'에 가입한 후 야나 다음으로 내가 친구 신청을 한 사람은 에디였어. 에디는 '온'에 만화 사진들만 게시했더라. 그렇지 않으면 만화영화 장면들에 삐딱하게 말풍선을 붙이고는 사람들에게 말을 걸거나.

그래, 좋아. 너한테 거짓말 하나도 안 보태고 솔직하게 말할게. 사실 야나를 위한 수학 스터디 그룹은 에디와 더 많은 시간을 보내기 위한 핑계일 뿐이었어. 에디에게 내 마음을 들키지 않으려고 이보도 끼워 준 거고. 물론 에디에게는 우리 수학 스터디 그룹에 들어오지 않겠느냐고 먼저 '온'으로 물어보았지. 에디가 첫인상은 아직 덜 자란 악동 같지만, 사실 성적 부분에선 전혀 나쁘지 않았거든. 여하튼 내가 머리를 굴려서 생각해 낸 계획은 그랬어. 단지 아주 사소하긴 하지만, 한 가지 놓친 점이 있었지. 에디가 이미 야나에게 마음이 기울어져 있었거든. 더군다나 이 아이, 나보다 먼저 야나와 친구를 맺었더라고. 그러나 학교에서 에디가 괜히 우리 자리를 어슬렁거린 게 나 때문이 아니라 야나 때문이라는 걸 깨달았을 땐 이미 늦었지.

아무튼 에디는 방바닥을 가로질러 배낭부터 휙 던져 놓았어. 그러곤 방 안을 죽 미끄러져 내 침대 앞에서 브레이크를 걸며 멈추어 섰어. 다행히 날 당황하게 했던 토끼인형은 베개 밑에 숨긴 뒤였지. 나는 야나가 입을 열면 어쩌나 싶었어. 하지만 정확히 바로 그 순간, 야나가 우리 셋의 코앞에 아이폰을 들이밀었어.

"얘들아!"

야나는 두 눈을 반짝이며 큰 소리로 외친 다음에 흥분하여 달려오려다, 짧은 충전기 줄 때문에 멈추어 섰지.

"너희들, 이건 무조건 봐야 해!"

'온'이 '온 쇼'가 되다

"너희들, 절대로 못 믿을 거다!"

야나가 들뜬 목소리로 말했어.

"그 사람들이 이제 자체 인터넷 TV방송을 만든대."

"그 사람들이라니 누굴 말하는 거니?"

나는 내 토끼인형 이야기가 나오기 전에 얼른 야나에게 물었어.

"그야 당연히 '온'이지. 바로 얼마 전에 그 비슷한 소문이 돌아서 알고 있긴 했어."

야나다웠어. 야나처럼 '온'에 관해 속속들이 아는 사람은 아무도 없을 거야.

'온'의 모든 기능을 다 이용하는 사람은 누굴까?

야나지.

'온'에서 제공하는 최신 기능을 빼놓지 않고 다 사용해 본 사람은 누굴까?

야나지, 야나.

사실 '온'에 관한 이야기 말고는 거의 아무 이야기도 하지 않는 사람은 누굴까?

야나, 야나지. 야나이고말고.

'온'에 관한 야나의 열정은 한계를 몰랐어. 담임 선생님인 아르히발트 선생님께 아주 진지하게 물은 적도 있었으니까. '혹시 앞으로 숙제를 온에 올려 주실 수 있으세요?'라고. 선생님이 거절하시자, 이번엔 그럼 문자로 보내시는 건 어떠냐고 한 단계 낮추어 물어보았지. 당연히 헛수고였어. 아르히발트 선생님은 담임으로는 진짜 좋은 분이었지만, 컴퓨터는 문서 작성 기능만 사용하시는 것 같았어. 어쨌든 인터넷은 별로 사용하지 않으시는 편이었어.

"'온'이 이제 '온 쇼(ON SHOW)'로 바뀐대."

야나가 다시 '온' 이야기를 꺼냈어.

"그러니까 '온'이라는 이름을 '온 쇼'로 바꾸고 더 근사한 '온'이 되는 거지. 너희들, 혹시 자사 온라인 쇼를 갖춘 소셜네트워크에 관해 들어본 적 있니?"

야나는 우리 대답 같은 건 기다리지 않고 말했어.

"'온' 사람들이 거의 세계 각국에서 한 명씩 캐스팅해서 세 달 뒤에 방송에 내보내려나 봐. 가입자에 한해서 캐스팅한대!"

야나는 팔짱을 끼었어. 그러자 목에 걸고 있던 찰랑거리는 긴 목걸이가 팔 사이에 끼었지.

"그럼, 이제 알아맞혀 봐! 독일에선 누가 '온 쇼'의 스타 앵커가 될 지……."

나는 당황하여 이보를 바라보았어. 이보는 아까부터 공부할 거리를 꺼내 놓고 내 침대에 비스듬히 기대어 있었어.

"스폰지 밥."

에디가 큰 소리로 말하곤 제 농담에 낄낄대며 웃어댔어.

야나는 에디가 하는 말을 무시했지.

"그야 나지! 나 아니면 누구겠어?"

야나가 말했어.

몇 초 동안 우리는 말문이 막혀서 아무 말도 하지 못했어. 웃고 있던 내 얼굴은 그대로 굳어 버렸고, 에디와 이보조차 벌어진 입을 다물지 못했어.

"그 사람들이 어떻게 너를 찜했대?"

나는 궁금했지.

야나는 '너 바보니?' 하는 눈길로 나를 바라보았어.

"아직은 아니지, 얘."

야나가 짧은 충전기 줄이 끊어질듯 아이폰을 들어 올렸어.

"나, 야나 슈퍼스타가 '온 쇼'의 새 얼굴이 될 거라는 걸 난 잘 알고 있어. 다만 '온 쇼' 사람들은 그걸 모를 뿐이지."

나는 황당한 나머지 웃을 수밖에 없었어. 근거 없이 강한 그 아이의 자신감은 계속 나를 놀라게 했어. '온'에 가입할 때, 이미 야나의 아이디 '야나 슈퍼스타'를 보고 '응? 이건 뭐지?'라는 생각을 했었거든. 겸손과는 아주 거리가 먼 아이디였지.

"으응? 지금 뭐라고 했니? 너, 우릴 놀리는 거냐?"

에디가 믿기지 않는지 야나를 바라보며 말했어.

"아니. 내가 급하게 읽긴 했지만, 제대로 이해했다면, '온' 이용자라면 누구나 오디션에 지원할 수 있어."

야나는 아이폰 화면을 우리 쪽으로 돌리며 말했어.

"자, 봐! 여기에 씌어 있잖아. '당신이 온 쇼에 나옵니다!'라고."

"너, 나를 생각하고 하는 말이냐? 그럼 나도 지원해야지."

에디가 비죽이 웃어 보였어.

"그리고 나도. 그럼 이제 우리, 뭘 해야 할까?"

나도 합세하며 말했어.

"너희들도 한다고?"

야나는 말도 안 된다는 듯이 손을 내저었어.

"아서라. 이건 나한테 넘기셔."

야나는 큰 소리로 지원 자격을 읽어 주었어.

Post the most! 최대한 많은 게시물을 올리세요!
아래의 글에 꼭 맞는 '온 쇼' 이용자를 찾습니다.
인터넷에 일상생활을 공개하는 것이 즐거운 분, '온 쇼'에서
친구 맺기를 가장 많이 한 분 그리고 '온 쇼' 가입자들의 가
장 많은 호응을 얻은 '온 쇼' 회원을 찾습니다.

야나는 의기양양한 표정으로 고개를 끄덕였어.

"그러니까 그게 바로 나라는 거지."

그런 다음 다시 지원 조건을 읽었어.

Post the most! 최대한 많은 게시물을 올리세요!
'온' 커뮤니티가 '온 쇼' 커뮤니티로 변화하려고 합니다. 웹
TV를 진행할 핫한 스타 앵커는 새 브랜드인 '온 쇼'의 포인
트 점수를 통해 결정됩니다. 팬을 모으세요! 포인트를 모으
세요!

Post the most!

야나는 흥분해서 손바닥을 쫙 펴고는 부채질하듯 펄럭였어. 매니
큐어를 빨리 말리려고 할 때처럼 말이야.

"포스트 더 모스트! 최대한 많은 게시물을 올리세요!' 이거 완전
난리 날 것 같지 않니?"

야나는 큰 소리로 말하며 좋아서 어쩔 줄 몰라 했어.

"포스트 더 모스트라고? 그건 분명히 사기일 거다."

이보는 쌀쌀맞게 되받아쳤고.

그래서 어떻게 됐냐고? 내가 말하지 않았니? 이보는 그때나 지금이나 흥을 깨는 데 일가견이 있다고. 그 말과 동시에 야나는 기분이 엄청 상해서 이렇게 쏘아붙였지.

"다른 사람도 아닌 네가 그걸 어떻게 알아? '온'에 가입도 안 했으면서!"

"그냥 그런 느낌이 들어서. 그럼 이제 우리 수학 공부 시작할까?"

이보가 공책을 집어 들며 말했어.

"야, 야나. 이보 때문에 기분 나빠 할 거 없어. 어쨌든 우린 참여할 거니까. 그치, 홍당무?"

보통 때 같았으면 에디가 날 '홍당무'라고 부르면 길길이 날뛰었겠지만 그 순간은 '온 쇼'에 함께한다는 게 굉장히 흥미롭게 다가왔어.

"어쩌면 우리 모두 공동 우승해서 셋 다 스타 앵커가 될지도 몰라!"

내가 큰 소리로 말했어.

"어떻게?"

야나가 물었어. 살짝 긴장한 말투였어. 우리가 왕관을 차지하려고 자기랑 싸우겠다고 선포하기라도 한 것처럼 말이야.

"너희들은 아이폰도 없잖아. 일상생활을 공개하려면, 이 정도 기기는 갖고 있어야 해. 이건 어딜 가든 항상 휴대할 수 있는 디지털 일기장과 같은 거야. 카메라로 찍고, 자판을 터치해서 글을 쓰고, 게시하면 끝! 안 그래도 별로 가능성이 없는데, 이런 것도 없으면 기회는 이미 물 건너간 거지."

야나 말이 맞았어. 내 낡은 휴대전화론 화분 사진 한 장도 올리지 못할 테니까. 엄마 아빠에게 아이폰을 기대한다는 건 꿈도 꾸지 못할 일인데, 더군다나 두 분이 쓰시던 오래된 노트북까지 막 물려받은 뒤라 더더욱 안 될 일이었지. 아빠는 내가 인터넷에 너무 많은 시간을 낭비한다고 생각하시는 터라 말을 꺼낼 수도 없었고. 아, 아빠가 야나를 한 번 봐야 하는데! 야나는 아마 자면서도 게시물을 올릴 거야. 그리고 내 수중엔 더 이상 돈도 없었어. 방 인테리어를 바꾸려고 이케아에서 자석 메모판 두 개를 사고, 남은 돈으로는 멍청하게 과자랑 잡지책 그리고 자잘한 소품들을 샀거든. 그래, 나도 알아. 일단 돈이 생기면 저축부터 해야 한다는걸. 하지만 그게 절대로 마음먹은 대로 되지 않더라.

"난 아예 휴대전화도 없어."

에디가 후회하는 말투로 털어놓았어.

야나가 에디의 목에 걸린 두툼한 헤드폰을 가리키며 말했어.

"그럼 뭘로 내내 음악을 듣는 건데?"

에디가 겸연쩍은 얼굴로 바지 주머니에서 성냥갑만 한 작은 물건을 꺼냈어.

"MP3로 듣지."

"어떻게 아직까지 MP3를! 휴대전화가 없다고? 그럼, 지금까지 한 번도 가져 본 적이 없다는 말이니?"

야나가 깜짝 놀라서 물었어.

보아하니 야나에게는 사람이 아이폰 없이 하루를 넘길 수 있다는 것 자체가 엄청난 미스터리인 것 같았어.

"아니."

에디가 한마디로 툭 잘라 대답했어.

"아주 흔해 빠진 거 하나가 있긴 있었지. 잃어버렸지만."

에디가 환하게 웃어 보였어.

"하지만 내가 그런 사소한 것에 발목 잡혀 그만둘 거라는 생각은 하지 마라. 결론적으로 말하자면 우리 엄마 아빠는 내가 '온'을 하는 것도 금지했었어. 그렇지만 지금 난 하고 있잖아? 그리고 친구 맺기에선 난 세계 챔피언 급이니까."

이 말을 끝내고 에디는 잠깐 모자를 들어 올리고 이렇게 제안했어.

"우리 협정을 맺자! 우리 셋이 서로 포인트를 주고받기로 말이야. 셋 중 본인 말고, 다른 사람이 게시물을 올리면 곧바로 '좋아요'를 누르고 포인트를 주는 거야."

"좋은 생각이야. 내 말은, 어떻게든 너희들이 참가하겠다면 말이야. 하지만 그래도 만약 우리 중 한 명만 당첨될 수 있다면, 나머지 둘은 이길 기회가 가장 높은 사람에게 자기 포인트를 넘겨줘야 해. 찬성?"

야나가 말했어.

"그래, 약속!"

에디가 우리 셋의 한가운데로 손을 내밀었어.

"포스트 더 모스트! 많이많이 게시하자!"

"포스트 더 모스트!"

야나와 나는 에디가 내민 손 위에 우리 손을 포개며 외쳤어. 우리는 기대하는 눈빛으로 이보를 바라보았어. 이보는 종종 그러듯이 입술을 꽉 깨물고 있었지.

"어때? 같이 할래?"

에디가 물어보았어.

이보가 고개를 저으며 말했어.

"여러분, 나는 빼 주세요. 나는 진짜 스케줄이 꽉 차 있답니다. 학교와 축구만으로도 엄청나게 많은 시간과 에너지를 쓰고 있거든요."

"그래도 짬짬이 게시글 정도는 쓸 수 있을 거야."

야나가 에디에게 잡혀 있던 손을 빼며 말했어.

"나는 솔직히 그 말 안 믿어."

이보는 사뭇 진지한 말투로 야나의 말을 반박했어.

"너희들만 봐도 벌써 알 수 있어. '온'에 잡아먹히는 시간이 넉넉잡아 하루에 두 시간은 될걸? 그러니까 '온 쇼'에 참여하고, 더군다나 새로 포인트까지 모으려면 그보다 훨씬 더 많은 시간이 들겠지. 나는 그게 그럴 만한 가치가 있다고 생각하지 않아. 자, 이제 공부 시작할까, 어떻게 할까?"

많이 게시하자!
전부 다 게시하자!

'온' 내지 '온 쇼'에서 처음에 부딪힌 가장 큰 문제가 뭔지 아니? 나한테 친구가 없어도 너무 없다는 거야. 친구들을 모아야겠다는 생각에 사로잡혀 나는 새로운 친구 맺기에 열중하느라 시간 가는 줄 모르고 인터넷에 매달렸어. 그런데 그게 누워서 떡 먹기였어. 세상 사람의 절반이, 그리고 특히 바이첸바움 게잠트슐레 학생들 전체가 거대한 '온 쇼' 열병을 앓고 있었으니까. 800명이 넘는 학생들이 닥치는 대로 서로 친구를 맺었어. 나의 경우, 척척박사 이보를 포함해 우리 반 전체 학생을 내 친구로 만들었을 정도니까. 그뿐 아니라 같은 학년의 다른 반 아이들은 물론, 상급 학년의 몇몇 선배들도 내 친구 목록에 추가되었어. 심지어 한 발짝 더 나아가 검색 창에 우리 학교 선생님들의 이름을 전부 입력하여 검색해 보았지. 내가 '온 쇼'에서 찾은 선생님은 단 한 명, 올트호프라고, 미술 과목을 가르치는 새로 오신 젊은 여선생님밖에 없었어. 놀랄 일도 아니었지. 결론부터 말하자면 그 선생님은 일반적인 우리 학교 선생님들과는 분위기가 완전히 달랐거든. 예를 들면, 그 선생님은 다른 선생님처럼 성과 호칭을 붙여서 '올트호프 선생님'이라고 부르지 않고 그냥 '자비네 선생님'이라고 이름을 부르거나, 극존칭을 쓰지 않고 친근하게 '쌤'이라고 부르도록 허락해 주셨어. 그리고 우리 반이 수학여행으로 루브르 박물관과 그곳에 전시된 예술 작품들을 관람하러 파리로 갈 수 있도록 해 주셨지. 자비네 선생님은 나의 친구 신청 메시지에 '나야, 좋지, 카로. 여기서 이렇게 만나서 반갑다.'라며 곧바로 수락해 주셨어.

얼마 지나지 않아 나는 더 많은 친구를 맺으려고 혈안이 되었어. 아무것도 부끄럽지 않았어. 하다 하다 나중엔 엄마 아빠의 친구분들과 그분들의 자녀들에게도 친구 신청을 보냈고, 내가 다니던 소아과 의사 선생님에게도 친구 신청을 보냈어.

그렇게 해서 나는 당당히 302명의 친구를 갖게 되었어. 그러던 중에 어쩌다 에디의 프로필을 클릭하게 되었어. 에디는 부모님 몰래 인터넷을 했는데도, 그 짧은 시간에 벌써 600명이 넘는 친구를 모았더라! 하지만 그 사이 1358명을 모은 야나를 따라잡기엔 우리 둘 다 갈 길이 멀어도 한참 멀었지. 그걸 보자, 나는 자신감이 모두 사라졌어.

뭔가 엄청난 아이디어를 생각해 내야 했지. 그러던 중에 야나에게서 결정적인 힌트를 얻을 수 있었어. 영어 수업 시간이었는데, 야나가 귓속말로 이렇게 말해 줬거든.

"우리끼리 말인데 말이야. 지금 그 프로필 사진으로는 친구든, 포인 트든 제대로 모으기 쉽지 않을 거다."

처음엔 그 말에 상처를 크게 받았지. 하지만 집에서 마음을 차분하 게 가라앉히고 내 사이트를 들여다보니 야나의 말이 옳다는 걸 인정 할 수밖에 없었어. 처음에 너무 서둘러서 '온'에 가입했던 게 화근이었 어. 이 칙칙한 사진은 아무리 좋게 봐주려 해도 정말 한심했어. 첫째, 내 휴대전화에 찍힌 사진은 일단 안경부터 끼고 봐야 할 정도로 흐릿 했어. 둘째, 멍청하게도 내가 밑에서 위로 각도를 잡고 카메라 버튼 을 눌렀지 뭐니? 그 바람에 턱과 입이 심하게 부풀려 나왔고, 그 위 쪽 얼굴은 훨씬 작아 보였어. 셋째, 이를 드러내고 웃는 표정을 지은 탓에 치아 교정기가 고스란히 드러나 보였다는 거야. 당연히 일 분이 라도 빨리 새 사진을 올려야 했지. 내 휴대전화는 아예 없는 셈 쳐도 되었고, 엄마 아빠가 쓰던 구형 노트북엔 카메라가 장착되어 있지 않 았고, 야나에게는 하늘이 두 쪽이 나도 물어보고 싶지 않았어. 그 애 에게 아이폰을 빌려 줄 수 있는지 물으면, 왠지 모욕적인 기분이 들 것 같았거든.

해결책은 단 한 가지뿐이었어. 아주 '은밀하게' 아빠의 카메라를 빌 려 쓰는 수밖에 없었지. 아빠에겐 겁나게 비싼 디지털 리플렉스카메 라가 한 대 있었는데, 아빠는 자신 이외엔 어느 누구도 손을 대지 못 하게 했어.

나는 잠시 시계로 눈길을 돌렸어. 엄마는 아직 시청에서 일할 시각이었고, 아빠는 어차피 저녁 늦게야 퇴근하셨지. 그러니까 아무런 방해도 받지 않고, 옷장에서 사진기를 꺼내어 사진 몇 장 정도는 찍을 시간이 충분했지.

셀프타이머로 내 사진을 열 장에서 열두 장쯤 찍은 다음, 사진들을 꼼꼼히 살펴보는데 문득 뭔가 부족한 것 같은 느낌이 들었어. 뭐가 빠졌지? 나는 '온 쇼'에 로그인을 하고 다시 야나의 프로필 사진을 살펴보았어. 프로필 사진만 보면 야나는 스무 살쯤 되어 보였어. 선글라스를 끼고, 금발을 늘어뜨려 얼굴 반쪽을 덮고 있었는데 정말 섹시해보였지. 영락없이 진짜 스타처럼 보였다니까. 에고, 우리 아빠도 사진에이전시를 갖고 있으면 좋을 텐데……. 나는 부러운 마음에 이런 생각까지 했어.

사진을 한참 들여다보고 나서야 나는 뭐가 2% 부족한지 알아차렸어. 먼저 꾸며야 했던 거야! 그래서 나는 욕실로 가서 엄마의 화장품 서랍을 샅샅이 훑어보았어. 그때까지 난 마스카라와 립글로스 외에 다른 건 한 번도 써 본 적이 없었어. 하지만 거침없이 이것저것 시도해 보았고, 삼십 분 뒤엔 산뜻하게 화장을 끝내고 머리도 만진 다음에 욕실에서 나왔어. 그러곤 내가 가장 좋아하는 푸른색 블라우스를 입고 새로 사진을 찍었지. 할 수 있는 자세는 전부 취해 보았고, 그렇게 찍은 사진들을 곧장 내 노트북에 옮긴 다음 그 중 가장 잘 나온 사진을 새 프로필 사진으로 올렸어. 그렇게 하니까 확실하게 달라 보이더라! 달라 보이는 것은 물론이고 더불어 나이도 넉넉잡아 스무 살쯤 되어 보였지.

그런 다음 나는 아빠의 카메라 메모리 카드에 있는 내 사진을 전부 삭제하고, 액정화면에 난 손가락 지문 자국도 닦아 냈어. 그리고 카메라를 원래 있던 자리에 되돌려 놓고 다시 옷을 갈아입었지. '아빠가 이 일을 절대 눈치채지 않을 거야.'라고 생각하면서 말이야. 그런데 저녁 식사를 할 때였어.

아빠가 놀란 얼굴로 한참 동안 나를 바라보았어.

"네 엄마가 시내에서 서커스 공연이 열린다는 걸 얘기하지 않았구나."

아빠는 그렇게 말문을 연 다음 엄마에게 뭔가 수상쩍다는 눈길을 보냈어.

세상에! 내가 화장 지우는 걸 새까맣게 잊고 있었지 뭐니! 하지만 그 순간에도 나는 아빠가 한 말씀은 아랑곳하지 않았어. 아무려면 어때, 그런 마음이었어. 내 새 프로필 사진을 보고 '온 쇼'에 올라올 반응들이 어떨까, 온통 그 기대에 차 있었으니까. 야나도 엄청 놀랄 게 분명했지. 사진 덕분에 나는 엄청나게 많은 포인트를 얻었고, 내 사진 밑에는 많은 사람들이 '좋아요'를 눌렀고, 용기를 북돋아 주는 많은 댓글을 썼어. 자비네 올트호프 선생님도 직접 댓글을 달아 주셨더라고. 내 친구의 친구들과 그 친구들의 친구들도 이제 나를 주목하고 나와 친구를 맺었지. 나는 흥분해서 자정이 다 되도록 노트북에서 눈을 떼지 못하고 계속 '온'을 들여다보았어.

드디어 포인트 사냥을 시작할 수 있게 된 거야!

그렇게 고상한 척하지 마

다음 날 아침, 나는 잠옷 바람으로 곧장 노트북부터 열었어. 밤사이 294명에게서 새로운 친구 신청이 와 있더라! 나는 도무지 실감이 나질 않았어. 그래서 소리 죽여 환호성을 질렀지. 이렇게 많은 사람이 어디 있다가 한꺼번에 나타난 거지? 나는 새 프로필 사진이 이렇게 인기 있을 줄은 전혀 예상하지 못했거든. 엄마가 아침을 먹으라고 부르는 바람에 나는 눈 딱 감고 친구 신청을 전부 수락했어. 하지만 그렇게 하고 나니까 엄청난 혼돈 사태가 벌어지고 말았지. 새로 생긴 많은 친구들 중 누군가는 늘 뭔가를 게시했고, 그때마다 새 소식이 마치 끓어오르는 거품처럼 몇 초 간격으로 폭폭 올라왔거든. 사진과 동영상을 포함하여 새 소식이 물밀 듯이 밀려들었어. 그걸 언제 다 읽고, 다 보겠니? 도저히 그렇게 할 수가 없는걸. 내 '온 쇼' 사이트는 단숨에 도떼기시장이 되었고, 나는 야나가 올린 것도, 에디가 올린 것도, 또 우리 반의 다른 친구들이 올린 글도 찾을 수가 없었어.

부디 내가 하는 말을 왜곡하지 말아 줘. 그러다 보니 어쩔 수 없이 전혀 알지 못하는 사람의 개인적인 생활을 엿볼 수밖에 없었고, 몰래 훔쳐보는 꼴이 되긴 했지만, 그게 정신이 쏙 빠질 정도로 흥분되고, 또 흥미롭더라. 아무튼 소식들은 너무 많았어. 많아도 너무.

시간이 얼마 남지 않았지만, 다른 건 몰라도 야나의 게시판은 잠깐이라도 봐야겠다 싶었어. 그러곤 인정할 수밖에 없었지. 그 아이의 부지런함은 정말 상상을 초월할 정도로 대단하다는걸. 야나는 지칠 줄 모르고 게시물을 올리고 있었어. 나는 야나의 게시물들을 주욱 훑어보았어. 새로 매니큐어를 칠한 그 아이의 손가락이나 최신 유행을 따른 귀걸이 같은 것에 관심을 갖는 사람들은 대체 누구일까 궁금해지더라. 그때였어. 순간 어찌나 놀랐는지 머리를 세게 한 대 맞은 것 같았어. 야나가 나와 내 토끼인형을 찍었던 그 사진을 게시판에 올리고는 그 밑에다 '카로는 폭신폭신한 몸을 파고들고 싶을 뿐.'이라고 글을 올렸더라고!

하지만 그 사진을 없애려고 내가 할 수 있는 일은 아무것도 없었어! 지금까지도 '온 쇼'에는 삭제 기능이 없어. 순식간에 나는 엉망이 되고 말았어. 그런 다음 내가 본 댓글이란 댓글은 모두 나를 비방하는 것들뿐이었어! 심지어 에디, 그 멍청한 자식까지 댓글을 썼더라고.

야나의 배신에 나는 큰 충격을 받아 아침밥이 넘어가질 않았어. 엄마는 걱정이 되어 학교에 가지 말고 집에서 쉬라고 하셨지. 솔직히 그렇게 하는 편이 나았어. 내 마음 한 편에선 그냥 앞으로 한 10년 동안 이불 속에 들어가서 나오지 말았으면 좋겠다는 생각이 굴뚝 같았거든. 그럼에도 나는 어떻게든 마음과 몸을 추스르고 학교에 갔고, 계단참에서 야나에게 따졌지. 에디는 그 시간 내내 야나의 주변을 맴돌았지만, 나는 그때 너무 화가 나서 그러거나 말거나 신경 쓸 겨를

이 없었어. 나는 정말이지 엄청나게 화를 냈어. 진짜야, 믿어도 된다니까!

넌 아마 야나가 토끼 사진을 올린 것에 대해 사과했을 거라고 생각하겠지? 천만에! 그 아이는 내가 화를 내든 말든 아랑곳하지 않고 나를 달래려고만 했지, 이렇게 말하면서 말이야.

"야, 진정해! 그 사진, 재미있기만 한데 왜 그러니?"

"전혀 아니거든. 재미있긴 뭐가? 차라리 눈 뜨고 못 봐줄 정도라면 모를까!"

"무슨 소리!"

야나는 말도 안 된다는 듯 팔을 휘휘 저었어. 팔목에 찬 야나의 링 팔찌가 짤랑거렸어.

"카로, 나는 네가 왜 이러는지 정말 모르겠다. 사실 너, 나한테 고마워해야 하는 거 아니니?"

"고마워해?"

나는 화가 나서 소리를 꽥 질렀어.

"뭘 말이니? 네가 내 친구들과 셀 수도 없이 많은 낯선 사람들 앞에서 나를 웃음거리로 만든 걸 고마워하라는 거니?"

"아이고, 얘!"

야나는 마치 아랫사람을 대하듯 얕잡아 보는 말투로 말했어.

"너, 일단 진정하고 이 일을 거리를 두고 생각해 봐. 나는 널 위해 광고를 해 준 것뿐이거든? 완전 귀여운 그 토깽이 사진은 대박 히트였어. 그 사진 덕분에 네가 더 많은 친구를 얻게 되는 건 당연한 일이라고!"

나는 소스라치게 놀랐어. 그럼, 그 300개의 친구 신청이 설마?

"그렇다면 그 많은 친구 신청이 새로 올린 내 프로필 사진과는 아무 관계도 없다는 거야?"

"사진을 새로 올렸다고?"

야나가 놀란 얼굴로 아이폰을 꺼냈어.

"그건 전혀 몰랐네. 어쨌거나 그렇게 많은 사람들이 너한테 관심을 기울이게 된 건 야나 슈퍼스타께서 토끼 사진을 올리고 네 이름에 링크를 걸어 놓았기 때문이야."

야나는 아이폰 화면을 이리저리 톡톡 치더니 두 손가락으로 화면을 확대시켜 내 사진을 봤어.

"대단한걸. 너, 정말 예뻐 보인다."

야나가 인정한다는 말투로 말했어.

"내가 본 대로라면, 넌 벌써 700명도 넘는 친구를 모았겠네!"

700명이라고?

"내가 이 일을 그저 나만 좋자고 한 게 아니라는 거, 너도 당연히 알 거라 생각했는데……."

야나가 내 코밑에 자기 아이폰을 바싹 들이댔어. 내 토끼인형 사진이 그 사이 백 건도 넘게 공유되었더라. 그리고 야나에겐 엄청난 양의 '온 쇼' 포인트를 안겨 주었고.

수업 예비종이 울렸고, 나는 어떻게 해야 할지, 아니면 무슨 말을 해야 할지 몰라 혼란스러웠어. 아마 나는 정말로 기뻐해야 했을지도 몰라. 하지만 그 대신 내 속에선 이유를 알 수 없는 화가 계속 끓어올랐어.

에디가 우리 둘 사이로 파고들었어. 그러곤 쓰고 있던 빨간 야구 모자를 뒤로 젖힌 채, 페트병 콜라를 볼에 대고 문지르며 큰 소리로 말했어.

"아이, 폭신해! 아이, 폭신해! 울 토끼."

그러면서 심술궂게 웃어댔어. 내 눈엔 당연히 그게 우스워 보일 리 없었고.

난 이번에도 어떻게 반응을 해야 할지 몰라 그냥 에디가 들고 있던 콜라병을 손으로 확 쳐 버렸어. 일종의 반사행동이었던 것 같아. 어쨌거나 콜라병은 바닥으로 떨어졌고, 거꾸로 뒤집힌 채 퉁탕거리며 계단 아래로 굴러 떨어졌어.

"너, 미쳤냐?"

에디는 빽 소리를 질렀어. 그러곤 병을 쫓아 풀쩍거리며 계단을 내려갔어.

"카로, 내 말 잘 들어!"

야나가 허리춤에 두 손을 대고 말했어.

"너 말이야, 진심으로 '온 쇼' 이벤트에 합격하고 싶다면 이런 사소한 일 정도는 그냥 넘길 수 있어야 해. 훌륭한 앵커는 담담하고 무신경할 필요가 있어. 아니면……"

야나는 금발 머리를 뒤로 젖히곤 많은 이야기가 담긴 묘한 웃음을 지었어.

"아니면, 지금 포기하고 당장 네 포인트를 나한테 넘겨도 되고. 도전해 볼 마음이 사라지면, 언제든 말해."

"그런 일은 절대로 없을 거야!"

나는 고함을 질렀어. 포기라니, 그건 말도 안 되는 소리였지. 야나가 나를 툭 치며 말했어.

"것 봐, 그러니까 훨씬 마음에 드네. 나처럼 해! 포스트 더 모스트! 최대한 게시물을 많이 올리자. 인정사정 보지 말고 전부 게시하고, 공유해. 그렇게 하는 것만이 포인트를 더 많이 얻는 길이야. 지금 넌 포인트가 너무 적어."

"나도 알아. 그런데 좋은 아이디어가 떠오르지 않아."

나도 모르게 한숨이 푹 나왔지.

야나가 고개를 까딱거리며 에디를 가리켰어. 에디는 아래쪽 계단참에서 조심스럽게 콜라병을 열고 있었어. 하지만 좀 더 조심스럽게 열어야 했나 봐. 뚜껑을 열자마자 연갈색의 거대한 거품 분수가 높이 솟구쳐 올랐거든. 에디가 잽싸게 뚜껑을 돌려 닫았지만, 콜라는 그 애 얼굴을 적시고 어깨 위로 날아가 계단 벽면까지 튀었지. 야나는 그 모든 과정을 침착하게 자기 아이폰으로 촬영하고, 곧이어 자판을 두드려 뭔가를 써 넣었어. 그러곤 만족한 얼굴로 말했지.

"자, 이 동영상, 지금 너한테 메일로 보냈어. 작은 보상 정도로 해 두자. 이따가 학교 끝나고 카로 네 이름으로 게시해도 좋아. 우리 다시 친구하는 거지?"

이보가 과장된 몸짓으로 에디를 멀찍이 돌아서 우리가 있는 곳으로 왔어.

"내일 수학 스터디 하는 거야?"

"그야 당연하지. 더 잘됐어. 다음 주에 우리 시험 치잖아."

내가 말했어.

"오케이, 그럼 4시 정각에 보자. 야나, 이번엔 너희 집에서 하는 거지?"

이보가 물었어. 야나는 아이폰에 시선을 고정한 채 대답했어.

"우리 집은 안 돼. 내일은 수영장 수리할 거야. 설비 아저씨들이 많을 텐데, 조용하긴 글렀지."

"그럼 다시 우리 집에서 만나자."

내가 말했어. 다시 수업 시작을 알리는 종이 울렸어.

처음으로 1000명의 친구를 갖다

에디의 콜라병 동영상은 '온 쇼에서 말 그대로 폭발적인 히트를 쳤어. 콜라와 꼬마 곰이란 제목의 동영상은 날개를 단 듯 빠르게 공유되었고, 나는 새로운 친구 신청을 얼마나 많이 받았는지, 곧 에디보다 더 많은 친구를 갖게 되었지. 다음 날, 나는 하루 종일 싱글벙글 웃음이 떠나지 않았어. 치아 교정기는 전혀 신경도 쓰이지 않았어. 누가 뭐라 해도 행복한 기분이 내 양심의 가책보다 훨씬 강했지. 야나가 전적으로 옳았어. 정말 '온 쇼'의 앵커우먼이 되길 진지하게 원한다면, 그렇게 새침 떨고 고상하게 굴면 안 된다고 했던 말 말이야.

그런데 놀라운 건 에디가 학교에서 전혀 웃음거리가 되지 않았다는 거야. 오히려 그 반대였어. 그 동영상 덕분에 에디는 예전보다 더 많은 인기를 얻게 된 것 같았어. 그리고 한동안 모든 아이들의 관심을 한 몸에 받았지. 많은 아이들이 에디만 보면 환호성을 지르며 열광했고, 심지어 어떤 아이들은 대단하다는 뜻으로 그 아이의 어깨를 툭툭 치기도 했지. 그런데 나를 가장 당황하게 했던 건 에디의 반응이었어. 에디는 '뭘 이렇게까지.' 하는 표정으로 빙긋 웃으며, 점잖게 고개를 끄덕여 고맙다는 표시를 했어. 그러곤 그 동영상이 마치 자기가 의도해서 만든 것처럼 행동하는 거야. 결론적으로 동영상과 함께 에디의 이름이 하이퍼링크로 연결되면서 에디 역시 포인트를 넉넉하게 챙길 수 있었어. 그러니까 내 입장에서 보면, 우리 셋이 서로 돕기로 한 약속을 내가 충실하게 지킨 거지. 그게 아니면, 게시하고 공유하고, 게시하고 공유하고, 게시하고 공유하면서 야나가 한 말을 충실히 따랐거나.

그렇긴 해도 나는 에디가 나 때문에 마음이 상한 건 아닌지 궁금하더라. 그렇다고 그 애한테 직접 물어보고 싶은 마음은 없었어. 얼굴을 맞대고 물어보는 건 아무튼 피하고 싶더라고. 어차피 에디도 나를 본체만체했고. 오후에 하기로 한 수학 스터디 모임에도 오지 않았어.

나는 왠지 섭섭한 마음이 들었어.

우리 셋은 내 방의 방바닥에 앉았어. 이보는 다음 과제에 필요한 것들을 카펫 위에 죽 펼쳐 놓았어. 그러곤 빈 종이에 연습문제를 쓰고 차근차근 풀이 과정을 보여 주었어. 나는 책상에서 지우개를 가져오려다, 전원을 켜 두었던 노트북에 눈길을 주고 말았어. 그새 엄청난 수의 친구 신청이 들어왔더라. 이제 넉넉잡아 1000명은 돌파한 것 같았어! 계속 그 수가 점점 많아졌어. 그 다음엔 초대 메시지가 날아왔지. 자비네 올트호프 선생님이 주말에 선생님의 새 작업실 입주 기념 파티를 열려고 하는데 '온 쇼'로 선생님의 친구들을 전부 초대한 거였어. 나도 초대받았고. 멋지지 않니? 그 말이 맞았어. '온 쇼'가 사람들과의 관계를 더 강하게 연결해 준다는 말 말이야. 나는 그때까지 태어나서 단 한 번도 선생님에게 초대를 받아 본 적이 없었거든.

"말해 봐, 너희 둘. 지금 날 데리고 노는 거니?"

이보의 화난 목소리에 나는 정신을 차렸어.

"무슨 소리야? 왜 그러는데?"

나는 움찔 놀라서 이보와 야나 쪽을 돌아보았어. 이보는 화가 머리 끝까지 난 것 같았어.

"지금 내가 아주아주 자세하게 문제를 설명해 줬거든. 그런데 야나는 일 분 일 초도 손에서 아이폰을 놓지 않고, 너는 컴퓨터만 들여다

보고 있잖아."

정말 야나는 아이폰을 꼭 움켜쥐고 있었어. 손과 아이폰이 떼려야 뗄 수 없는 사이라도 되듯이 말이지. 나는 얼른 이보와 야나에게로 돌아와 앉았어. 그러고는 기어 들어가는 목소리로 사과했지.

"미안, 이보. 다신 안 그럴게."

이번에 이보는 야나의 분홍색 아이폰 케이스를 가리키며 말했어.

"야나, 지금 농담하는 거 아니거든. 당장 그 멍청한 물건을 집어넣지 않으면, 나, 그냥 간다."

"야, 열 받지 마. 나, 지금 계산기 기능만 사용하고 있거든?"

"지금 그 말을 믿으라는 거야? 내가 이 스터디 그룹에 열심인 건 오직 너희들을 위해서야. 그러니까 너희들, 내가 이 스터디 그룹 대신에 다른 할 일이 많다는 걸 알아 두었으면 해. 너희들, 그 쓰레기 같은 '온 쇼'가 너희들한테 수학보다 중요해?"

야나가 자리를 박차고 일어났어.

"쓰레기라니! 그게 왜 쓰레기니? 수학? 중요하지. 하지만 '온 쇼'도 중요해. 네가 싫어한다고 해서, 그걸 좋아하는 다른 사람을 깎아 내리는 말은 하지 마라."

나는 속으로 생각했어.

'아이쿠, 야단났네. 이제 다 끝났어. 이보가 당장 짐을 싸서 나가겠는데?'

그런데 이보는 전혀 동요하는 기색 없이 가만히 앉아서 말했어.

"나는 정말 거기에 끼고 싶지 않아. 지금 '온 쇼' 열풍이 지독한 감기 바이러스처럼 온 학교를 덮치고 있어. 내 생각이 궁금하다면 말해 주지. 나는 이것들이 세뇌 공작 그 자체라고 생각해."

"그런데 어쩌니, 네 생각 같은 거 전혀 궁금하지 않은데."

야나는 분해 죽겠다는 듯이 소리를 지르고 내 새 카펫을 구두 뒷굽으로 문질러댔어. 나는 싸움이 더 커지기 전에 재빨리 둘 사이에 끼어들었어.

"친구들 좀 늘려 보겠다는데 뭐가 그렇게 잘못된 거니? 그런 건 원래 좋은 거잖아."

"그래서 넌 대체 얼마나 많은 친구를 모았는데?"

이보가 나에게 물었어. 깔보는 듯한 말투였지.

"1000명 넘게 모았거든."

나는 한 마디 한 마디에 힘을 실어 천천히 대답했지.

"이보, 너는?"

"나는 친구들 수를 세어 본 적이 없어. 그리고 앞으로도 그런 짓은 하지 않을 거야. 어쨌든 내 친구들은 전부 내가 개인적으로 알고 있고, 또 백 퍼센트 믿을 수 있는 아이들이야. 숫자보다 그게 훨씬 더 중요해."

이보가 대답했어.

"오케이."

야나가 갑자기 다른 때보다 더 상냥한 말투로 대꾸하고는 팔짱을 끼었어.

"정말 잘 알지도 못하면서 비판하는 한 년 선입견에서 벗어날 수 없어. 너도 얼른 '온'에 가입해. 그리고 가입하는 즉시 나를 친구로 받아들이고, 일이 어떻게 돌아가는지 입 다물고 조용히 지켜봐. 내 생각이 어떠니, 말 좀 해 봐!"

"넌 내가 한 말을 하나도 알아듣지 못했구나! 내 말 못 들었니? 진정한 우정은 그런 식으로 맺어지는 게 아니야."

다행히 그 순간 초인종이 울렸고, 덕분에 싸움이 중단되었어. 그리고 정말 반갑게도 누가 들어왔는지 아니? 그래, 맞아. 에디야. 오렌지색 헤드폰에 빨간색 야구 모자를 쓰고 싱글벙글 웃는 얼굴이었지. 나는 그 애가 나한테 전혀 화가 난 것 같지 않아서 마음이 가벼워졌어.

"나도 있다!"

에디는 기뻐서 어쩔 줄 모르며 부시럭거리는 비닐봉지를 높이 들어 올렸어.

"나도 있어!"

"있다니, 도대체 뭐가?"

나는 궁금해서 물었어.

에디는 괜스레 소매로 콧잔등을 한 번 훑고는 비닐봉지에서 조그마한 상자 하나를 끄집어냈어.

"뭐긴, 아이팟 터치이지! 지금 막 나온 따끈따끈한 신제품이야."

그런 다음 에디는 야나를 향해 돌아서 말했어.

"이 아이로 말할 것 같으면 네 아이폰으로 할 수 있는 건 전부 다할 수 있어. 전화하는 것만 빼고."

"끝내준다!"

야나는 그렇게 축하 인사를 건네고 다시 카펫 위에 앉았어.

"동아리에 낀 걸 환영한다."

내 생각에 야나가 에디에게 직접 말을 건네고 또 평소처럼 무시하는 태도로 대하지 않은 건 그때가 처음이었던 것 같아.

에디는 야나의 바로 옆에 자리를 잡고 앉았어.

"나, 지금 당장 내 셀카랑 동영상 촬영할 거야. 하지만 쉿! 우리 엄마 아빠에겐 아무 말도 하지 마. 우리, 어디서 시작할까?"

나는 오래 생각할 필요가 없었지.

"자비네 쌤이 토요일 파티에 초대해 주셨어. 거기 가면 분명 재미있는 동영상을 찍을 기회가 많을 거야."

내가 말했어.

"자비네 쌤이라니, 어떤 쌤 말이야?"

에디가 놀라서 물었어.

"누구긴, 우리 학교 미술 선생님이지."

야나가 그렇게 말하고는 아이폰을 가리켰어.

"선생님이 새로 작업실을 여셨대. 나도 초대받았어."

"자비네 쌤이 너하고도 친구를 맺었어?"

나는 좀 멍한 기분이 들었어.

야나가 '너 바보니?' 하는 눈길로 나를 보더니, 놀리듯이 말했어.

"애 봐라, 네가 누구랑 친구를 맺었는지 내가 모르는 줄 알았나 보네?"

"좋았어. 그렇게 하도록 하자. 그럼 토요일에 우리 모두 그 파티에 가는 거다."

에디가 말했어.

"너도 갈 거지?"

나는 이보에게 물어보았어. 하지만 이보는 이미 자리에 없었어.

"얘는 또 어딜 간 거야?"

"화장실에 갔겠지."

에디가 말했어.

나는 이보를 찾으려고 자리에서 일어났어. 욕실문은 열려 있었고, 그 안에는 아무도 없었어. 부엌에서도 그 아이의 흔적은 찾아볼 수 없었지. 물론 그 아이의 가방도 없었고.

더 독창적으로 튀어야 해

야나와 에디랑 내가 여전히 한 팀으로 남게 되어서 내가 얼마나 기뻐했을지 넌 쉽게 상상할 수 있을 거야. 주말에 우리는 함께 모여서 자비네 올트호프 선생님의 파티 장소로 갔어. 야나는 미니스커트에

긴 부츠 그리고 끈 러닝셔츠처럼 생긴 탑을 걸치고 나타났지. 반면에 나는 청바지에 평범하디 평범한 티셔츠를 걸친, 지루해서 하품이 날 것 같은 차림새로 갔고. 야나를 본 순간, 나는 그 애가 그냥 평범한 파티에 가기엔 지나치게 차려입었다는 생각이 들었어. 그런데도 에디는 그 애한테서 눈길을 돌리지 못했어.

질식할 듯이 숨막히는 전철 속에서 야나는 처음으로 괴짜 게르트에 관해 이야기를 꺼냈어.

"그게 누구냐? 한 번도 들어본 적 없는데."

에디가 빨간 야구 모자를 벗으며 말했어.

"걘……."

야나는 천천히 강세를 넣어서 말하며 자기 아이폰을 가리켰어.

"오늘부터 '온 쇼'에서 우리와 대적할 적의 이름이야. 적 1호인 거지."

적이라니, 이건 또 무슨 소리야? 에디와 나는 그게 무슨 소리냐고 묻는 눈길로 야나를 바라보았어. 무슨 말인지 우리는 전혀 이해할 수 없었거든.

"그 사람, '온 쇼' 가입자들의 게시물을 모아서 일종의 '히트 영상 모음'을 제작해서 올려. 게시물을 다 둘러보기 귀찮은 사람은 그냥 게르트의 사이트를 방문해서 영상 모음을 보거든."

"그런데 그게 뭐가 나쁘다는 거니?"

내가 물었어.

"자기가 직접 작성해서 게시물을 올리지 않았는데도, 포인트는 엄청나게 긁어 모으니까."

"뭐, 그런 뻔뻔한 기생충 같은 인간이 다 있냐. 다른 사람들이 수고한 걸 갖고 요령을 부리는 거잖아."

에디의 신랄한 비판이 이어졌어.

"그것도 성공적으로 말이야."

에디의 말을 받아 이번엔 야나가 말했지. 그러곤 금발 머리를 귀 뒤로 쓸어 넘겼어. 그러자 커다란 은색 링 귀고리가 더욱 도드라져 보였지.

"그 덕분에 그 사람, 지금 '온 쇼' 차트에서 3위 자리를 꿰찼어. 2위는 바지에 오줌을 지린 부랑자 모습과 같은 진짜 강력한 사진들이랑 동영상을 올린 토니 로라나 뭐라나 하는 사람이 차지했고. 1위는 미카엘라 크레츄머라는 사람인데, 가만 있자, 뭘로 1위 자리를 차지했냐면……."

야나는 검지로 작은 고양이들이 있는 동영상을 두드렸어. 동영상이 시작되면서 작은 새끼고양이들이 비트적거리며 온 사방을 돌아다니고 병아리처럼 빽빽거리는 소리가 들렸지.

"어머, 귀여워라!"

나는 새끼고양이의 모습에 넋이 나가 탄성을 질렀어.

"으이구, 카로. 이 동영상에 많은 점수를 준 다른 사람들도 너처럼 넋이 빠져서 점수를 준 거야."

"그나저나 우리는 몇 위냐?"

에디가 물었어.

야나는 한숨을 푹 내쉬었어.

"나는 39300등 주변을 맴돌며 허우적거리고 있어. 하지만 그마저도 너희 풋내기 두 명보다 한참 앞선 등수란다."

에디가 전철 의자에 털썩 주저앉으며 말했어.

"그러니까 우리는 전혀 가능성이 없다는 말이네."

"아니. 우리도 저 새끼고양이 동영상을 올리는 무뇌 아줌마나 토할 것같이 더러운 것만 찍어 대는 토니 로보다 더 웃기고 튀면 되지. 자, 얘들아! 내 말은 우리도 그런 멍청한 동영상을 올리면 된다는 말이야. 자비네 선생님의 파티에서 진짜 독창적이고 튀는 걸 가져오면 돼."

"어떻게?"

나는 살짝 맥이 빠져 물었어.

"각자가 알아서 해. 웃기거나, 정신 나간 미친 짓거리 같은 것이어야 해. 그런 다음? 포스트 더 모스트! 무조건 게시하는 거야!"

이제 나 좀 그만 따라다녀라, 응?

자비네 올트호프 선생님의 작업실은 이전에 오래된 자동차 정비소였던 게 분명해. 여기저기에 문짝이나 유리가 떨어져 나간 자동차 잔

해들이 세워져 있었고, 벽에는 검은 타이어들이 엄청나게 높이 탑처럼 쌓여 있었어. 타이어 옆에는 녹슨 금속 부품들이 산더미처럼 쌓여 있었고.

"이렇게 와 주어서 고맙다."

자비네 올트호프 선생님은 진심으로 우리를 반겨 주었어. 우리의 빨강머리 미술 선생님은 짧고 깔끔한 녹색 튜닉 드레스를 입고 있었어. 선생님은 우리를 케이크와 롤빵, 샐러드 등이 차려진 긴 나무탁자가 있는 곳으로 데리고 갔어.

"음식은 넉넉하게 준비했으니까 부담 갖지 말고 많이 먹어."

그런 다음 선생님은 뒷마당에 있는 흰색 천막을 가리켰어.

"왼쪽에 보면 알코올 성분이 없는 딸기 펀치가 있단다. 더위를 싹 가시게 해 줄 청량음료이지."

선생님이 새로 온 손님들에게 신경을 쓰려고 자리를 뜨기가 무섭게 에디는 한 손 가득 작은 빵을 집어 입에 밀어 넣었어. 마치 몇 주 동안 아무것도 먹지 못해 난파 당한 사람처럼 말이야. 우적우적 빵을 씹으면서 다른 음식에 장식으로 얹은 오이와 조그만 무를 쏙쏙 뽑아 먹기도 했어.

"잘 차린 음식을 그렇게 두더지처럼 파헤치면 어떡하니? 그만 좀 해. 그리고 차라리 내가 아까 말했던 거나 잘 생각해 보라고. 우리가 지금 해야 하는 건 무조건 순위를 올리는 거야, 지금 당장!"

야나가 에디에게 경고하듯이 말했지.

야나가 손님들과 함께 섞여 있는 틈을 타, 에디는 한 2미터쯤 떨어진, 소시지 굽는 장소로 갔어. 그러곤 제 순서도 아닌데 새치기를 하더니 구운 소시지를 손에 넣었어. 염치도 없이 곧바로 한 개를 더 받아 두었지.

난 뭘 했냐고? 나는 최근에 내가 성취한 업적이라고 할 수 있는 49유로짜리 분홍색 소형 디지털카메라를 꺼냈지. 그 돈을 감당하기 위해 난 바지며 재킷이며 할 것 없이 주머니란 주머니는 모두 털었고, 우리 집 차 청소도 마다하지 않았어. 그런 다음엔 공손하게 용돈을 가불해 달라는 부탁도 했지. 나머지 20유로는 할머니에게 손을 벌렸고. 그래, 맞아. 내 카메라는 사실 에디가 갖고 있는 아이팟 터치처럼 멋지지는 않아. 하지만 없는 것보다 백 배 나았어.

자비네 선생님의 친구들은 예술가가 많은 것 같았어. 빈손으로 온 우리와 달리 선생님의 친구들은 본인들이 만든 작품이나 포도주를 가지고 오셨더라.

뻥 뚫린 개방된 구조의 넓은 작업실에는 자동차 정비소의 흔적이 묻어 나는 것들 외에 자비네 선생님이 직접 만든 거대한 석조 흉상도 세워져 있었어. 나는 눈을 크게 뜨고 육중한 바위 덩어리와 조각에 쓰인 연장들을 바라보았어. 선생님이 우리 학급 수학여행 때 우리에게 루브르 박물관을 보여 주시려는 게 전혀 놀랄 일이 아니라는 생각도 들었어. 작업실의 한쪽 벽은 손님들이 인사말을 남겨 놓는 공간이었는데, 원하는 사람은 조그맣게 그림을 그리고 자신의 이름을 써 놓을 수도 있었어. 동양인으로 보이는 한 부인이 외로운 방랑자 그림을 스케치한 다음, 유쾌한 표정으로 내 손에 붓을 쥐어 주었어. 나는 동물들이 있는 작은 풀밭을 그리느라 시간 가는 줄 몰랐어. 그리고 굵은 글씨로 내 작품 밑에 '카로'라고 이름을 썼지. 그제야 나는 내가 맡은 임무가 생각났어. 정비소의 어두컴컴한 한 쪽 구석에서 나는 도롱뇽 두세 마리를 카메라에 담았어. 그리고 말라 비틀어진 개구리 시체도 발견했지. 그래, 그래. 네가 무슨 말을 하려는지 알아. 그것으로는 단 1포인트도 받을 수 없을 거라고 말하고 싶은 거지?

　뭐, 건질 만한 게 없을까, 나는 찬찬히 바깥을 둘러보았어. 마당 한가운데에는 대략 3미터 높이의 기둥이 세워져 있었고, 그 기둥에 전기로 움직이는 석조 흉상 한 개가 빙글빙글 천천히 돌아가고 있었어. 그 석조 흉상 가까이에서 우리 학교 선생님들 몇 분이 무리를 지어서 유쾌하게 이야기를 나누고 계셨어. 그 중에는 불어 선생님인 슈베르트페거 선생님, 생물 선생님인 보자크 선생님 그리고 뚱뚱한 코르프바일러 종교 담당 선생님도 계셨어. 뿐만 아니라 우리 담임인 아르히발트 선생님과 노르웨이 출신의 부인과 두 아이들도 있었지. 그 사람들에게서 포인트에 도움이 될 만한 특별한 모습은 전혀 발견할 수가 없었어. 난 야나가 나타날 때까지 기다리다가, 음료수 천막 앞에서 야나를 발견했어. 야나는 담배를 피우면서 두 명의 예술가와 이야기를 나누고 있었어. 이 예술가 중 한 사람은 수염을 길게 길렀고, 다른 한 사람은 멕시코 풍의 밀짚모자를 쓰고 있었어. 거기서 두 걸음

쯤 떨어진 곳에선 에디가 햄버거를 우적우적 씹으며 부러운 눈길로 그 세 사람을 주시하고 있었고.

"너, 담배도 피니? 저기 선생님들이 계시잖아."

나는 놀라서 물었어.

"그래서 어쩌라고? 볼 테면 보라지."

야나는 보란 듯이 마당에 담뱃재를 털었어.

"여긴 학교도 아닌데, 뭐."

그러곤 나에게 가까이 오라고 손짓을 했지.

"내가 뭐 좀 부탁해도 될까? 어려운 건 아니야."

"당연하지. 뭔데?"

내가 말했어.

야나는 티셔츠에 케첩을 뚝뚝 흘리며 빵을 먹고 있는 에디를 가리켰어.

"너, 저 소심쟁이 스토커 좀 나한테서 떼어 내 줄 수 있겠니? 쟤, 하루 종일 내 치맛자락만 붙잡고 늘어진다, 야!"

나는 진지하게 고개를 끄덕여 보이곤, 자연스럽게 에디에게 다가가서 물었어.

"어때, 미션은 성공했니?"

"아니."

에디는 짧게 대답하며, 한순간도 야나에게서 눈길을 떼지 않았어.

"하지만 나한테 좋은 생각이 있어. 따라와 봐."

에디는 문에 하트 모양을 낸 간이 화장실로 나를 끌고 갔어.

"여기서 뭘 하자는 거니?"

나는 에디를 의심의 눈길로 보며 물었어.

"기다려 봐."

에디는 나에게 씨익 웃어 보였어. 그러면서도 눈길은 계속 야나가 있는 쪽을 향했어. 야나는 그 사이 음료수가 있는 탁자에서 음료수 따르는 것을 돕고 있었어. 정말 야나답지 않은 행동이었어.

"기다리긴 뭘 기다리라는 거니?"

"금방 보게 될 거야. 화장실은 이곳 한곳밖에 없어. 이제 곧 누구든 볼일을 보러 올 거야."

또 에디 특유의 싱거운 농담을 하는 걸까? 우리는 아무 말도 하지 않고 한참 동안 화장실 주변을 어슬렁거렸어. 나도 무슨 말을 해야 할지 모르겠더라. 결국 아까 찍었던 동물 사진들을 보여 주었지.

"멋진데!"

에디는 인정한다는 말투로 말했어.

"진짜?"

"아무튼 개구리 미라는 그래. 하지만 '온 쇼'에 올리기엔 충분하지 않아."

그 순간 담임 선생님의 부인이 빠른 속도로 우리 곁을 지나 간이 화장실로 들어갔어. 에디가 검지를 입에 대고 잠시 후 아이팟을 꺼내어 가슴팍에 대었어.

"너, 미쳤니? 지금 뭐하는 거야?"

나는 소곤거렸어.

"보면 모르냐? 간이 화장실 사진 찍고 있잖아. 여기 뭐 다른 거라도 있냐?"

잠시 후 우리 담임 선생님의 부인은 다시 화장실에서 나왔고, 아무것도 모른 채 우리에게 미소를 지어 보이곤 선생님들이 모여 있는 곳으로 돌아갔어.

"너, 그걸로 아무 짓도 하면 안 된다!"

나는 강하게 불만을 표시했어.

"왜 안 되는데? 이거 올리면 포인트가 엄청날 거야, 홍당무. 두고 봐, 곧 보게 될 테니."

"홍당무라고 부르지 말랬다!"

나는 기분이 상해서 대들 듯이 말했어.

"어쨌든 아르히발트 선생님 귀에 들어가게 될 거야. 그러면 선생님도 이걸 보시게 될 거고. 네 이름으로 이걸 게시하면 너는 학교에서 쫓겨나겠지!"

"승리를 위해 내가 희생해야 한다면 감수할 수밖에!"

에디는 무슨 영웅이라도 된 듯이 말했어. 그러곤 마치 자석에 끌리듯 다시 음료 탁자가 있는 곳으로 갔어.

"그럼 우리의 위대하신 포인트 여신님께선 뭐라고 하실지 어디 한번 들어 볼까?"

야나는 음료 천막 안에 혼자 남아, 커다란 그릇에 담긴 펀치를 국자로 퍼서 흰색 플라스틱 컵에 따르는 중이었어.

"또 너냐? 이제 너 때문에 돌아 버릴 것 같다, 에디."

야나는 에디가 자기 바로 옆으로 바싹 붙어서는 걸 보고 으르렁댔어.

"네가 왜 이러는지 나는 알다가도 모르겠다. 나는 서고 싶은 자리에 서지도 못하냐? 여긴 자유로운 고철의 나라란 말이야."

에디는 야나를 향해 어정쩡하게 웃어 보였어.

"야, 멍청아! 우리는 목적이 있어서 여기에 왔어. 그런데 너는 이곳에 온 뒤로 한시도 쉬지 않고 망할 껌딱지처럼 나한테 붙어서 떨어지질 않잖아!"

"어떤 껌인데, 응?"

야나가 이맛살을 찌푸렸어.

"무슨 맛의 껌이냐니까? 계피 맛? 아님 마라쿠자 열매 맛?"

에디가 야나에게 더 가까이 다가가며 물었어.

"그만해라."

야나는 야단치듯 말하고는 에디를 멀찍이 밀쳤어.

"그리고 말야, 이젠 나 좀 그만 따라다녀라, 응?"

에디는 기분이 나빠졌는지 작별의 표시로 모자를 툭툭 치고는 터벅터벅 발걸음을 옮겼어.

"무슨 쇠사슬도 아니고 어쩜 이렇게 사람을 옭아매니!"

야나는 고개를 절레절레 흔들며 쓴소리를 하고, 손으로 이마의 땀을 훔쳤어. 그런 다음 나에게로 돌아섰어.

"너는 또 왜 그래?"

"쓸 만한 사진을 한 장도 못 찍었어, 그래서."

나는 솔직하게 말했어.

"놀랄 일도 아니다. 여긴 뭐 잘못된 게 있어야지. 하지만 곧 달라질 거야. 난 반드시 실상을 파헤치고 말 거야."

"어떻게?"

나는 그렇게 물으며 갈증이 나서 펀치그릇과 세트를 이루는 컵에 손을 뻗었어. 그 순간, 야나가 컵을 빼앗았어.

"내가 너라면 이건 마시지 않을 거다."

"왜? 술이 들어간 것도 아닌데."

나는 무슨 영문인지 전혀 이해가 되질 않았어.

야나가 탁자 반대편으로 오라고 손짓을 하더니, 종이 식탁보를 살짝 들어 올렸어. 그러곤 탁자 아래의 빈 술병들이 담겨 있는 양동이를 가리켰지.

"이제 술은 한 방울도 남아 있지 않아."

"너, 뭘 하려고 그래?"

나는 놀라서 물었어.

야나가 고개를 끄덕이며 선생님들이 모여 있는 곳을 가리켰어.

"선생님들, 보이지? 내내 이 어린이용 펀치만 마신다. 방금 내가 보드카 두 병을 이 펀치에 쏟아 부었는데, 전혀 술맛이 느껴지지 않아, 전혀."

"너, 미쳤구나."

나는 여기저기서 폴짝거리며 뛰노는 아르히발트 선생님의 아이들을 가리켰어.

"그러다 쟤네들이 마시기라도 하면?"

"내가 여길 지키고 있는 한 그럴 일은 없지. 카메라나 잘 대기시키고 있어. 포스트 더 모스트! 최대한 많이 게시하자!"

나는 내 모습이 잘 보이지 않도록 뒷마당의 그늘진 구석으로 옮겨 갔어. 그런데 야나 말대로 정말 일이 벌어졌어. 15분쯤 지나자 선생님들은 흥에 겨워 했고, 분위기가 점점 고조되었지. 분위기가 즐거워질수록 선생님들은 그만큼 더 갈증을 느꼈고, 선생님들이 점점 더 갈증을 느낄수록 야나는 그만큼 더 음료를 많이 따라야 했지. 어느 순간부터 코르프바일러 선생님이 규칙적으로 배를 움켜잡고 웃기 시작했어. 그러다가 더 이상 몸을 가누지 못하고 그만 콘크리트 바닥에 엉덩이를 대고 털썩 주저 앉고 말았어. 다른 동료 선생님들 역시 큭큭 웃으며 코르프바일러 선생님이 일어나도록 도와 드리려고 했지. 하지만 코르프바일러 선생님은 심하게 웃으며 동료들의 도움을 거절했고, 다른 선생님들도 취한 건 마찬가지여서 뚱뚱한 여선생님이 두 다리로 온전히 버티고 서 있게 도와 드릴 처지가 아니었어. 정말 그림 한번 참…….

나는 재빨리 카메라를 꺼내어 그곳에 초점을 맞추었어. 처음으로 내가 직접 촬영하게 된 거야. 그런 모습을 촬영한다는 건 옳지 않다는 생각이 어렴풋이 들었지만, 이미 내 머릿속에선 '온 쇼'의 포인트 쌓이는 소리가 들리고 있었어.

그때였어. 갑자기 야나가 나에게 오더니 당황하여 어쩔 줄 모르고 소리를 질렀어.

"내 아이폰이 없어!"

"마지막으로 둔 곳이 어딘데?"

"펀치 그릇 옆에."

야나가 잠깐 멈칫하더니 에디 쪽을 바라보았어. 에디도 아이팟을 손에 들고 코르프바일러 선생님을 동영상으로 찍고 있었어. 야나는 불쾌한 얼굴로 두 눈을 질끈 감았어.

"저 나쁜 자식이 가져간 게 분명해!"

넌 포인트가 너무 적어.
더 모아!

작업실 파티가 끝나고 뒤이어 엄청난 분노의 후폭풍이 일었다는 건 아마 얘기할 필요가 없을 것 같다. 우선 아이폰의 행방이 묘연해진 탓에 야나가 얼마나 난리를 쳤는지 영화 한 편을 찍다시피 했지. 에디는 아이폰이 사라진 것과 자기는 아무런 관련이 없다고 맹세했지만, 야나는 에디의 말을 한 마디도 믿지 않고, 에디를 몰아 세웠어. 내가 에디를 옹호하자 그 즉시 나에게도 비난을 퍼부었지. 우리 '온 쇼' 팀이 무너지기 시작했다는 건 의심할 여지가 없었지만, 그건 아주 사소한 문제에 불과했어. 파티가 있고 나서 얼마 후, 자비네 올트호프 선생님이 미술 시간에 우리를 따로 부르셨어. 선생님은 피곤하고 지쳐 보였어. 선생님이 우리들에게 물었어.

"너희들 세 명 말이야, 대체 무슨 생각으로 그렇게 한 거니? 그런 동영상을 인터넷에 올리다니, 그러면 안 되는 거 모르니?"

"말해 봐! 너희들 셋은 대체 무슨 생각으로 그렇게 했는지? 그런 건 함부로 올리는 게 아니야!"

선생님이 목소리를 내리깔고 말씀하셨어. 야나는 이 일과 아무 상관도 없다는 걸 보여 주려는 듯 에디 쪽을 보았어.

"왜 안 되는데요? 재미있잖아요."

에디가 겁도 없이 뻔뻔하게 말했어.

나는 바닥을 바라보았어. 그래, 인정해. 에디가 가끔 너무너무 바보같이 행동한다는 거.

"재미? 재미와는 완전히 반대야. 넌 아직도 무엇이 문제인지 파악하지 못했구나?"

"아니요."

에디는 그렇게 대답하고는 술 취한 사람의 흉내를 냈어.

"나 원 참, 문제야 파티에서 취한 선생님들이지요."

"보아하니 선생님이 좀 더 확실히 얘기를 해 줘야 할 것 같다."

자비네 선생님은 헛기침을 하고는 말했어.

"오늘 아침 정각 일곱 시에 교무실에서 이례적으로 비상 대책회의가 열렸단다. 선생님들과 우리 학교 전체가 지금 온 도시의 웃음거리가 되었어. 코르프바일러 선생님은 너희들이 찍은 동영상 때문에 신경쇠약에 걸리셔서 다음 석 달 동안 수업을 못 하게 되었어. 최소한의 기간이 석 달이야. 게다가 파리로 가기로 한 너희 반 수학여행도 이제 갈 수 있을지 없을지 불확실한 상황이 되었고."

"그럼 이제 저희들이 어떻게 해야 하나요?"

나는 충격에 휩싸인 채 선생님께 물었어.

"내가 너희들이라면, 일이 더 커지기 전에 코르프바일러 선생님께 무릎을 꿇고 용서를 빌 거다."

자비네 선생님은 충고해 주셨어.

"오늘 아침에 클라아젠 교장 선생님이 얼마나 노발대발하셨는지, 선생님들 모두 목이 잘리는 줄 알았어. 특히 내 목!"

자비네 선생님은 다시 헛기침을 하고는 이렇게 말씀하셨어.

"나는 아직 교사 과정을 다 마치지 않은 교생이거든."

"그 말씀은 우리 때문에 선생님이 쫓겨날 거라는 말씀인가요?"

나는 걱정이 돼서 물었어.

선생님이 한숨을 푹 쉬고는 설명해 주셨어.

"그게 그렇게 간단한 문제는 아니야. 하지만 너희들 동영상이 내가 얻을 수 있는 기회를 더 좋은 방향으로 가게 했다고는 할 수 없겠지. 덧붙여 말하자면 너희들에게도 그렇고. 교장 선생님은 이 입에 담기조차 힘든 광경을 인터넷에 올린 두 학생을 경고 조치하고, 부모님을 부르실 작정이셔. 이 두 명에 해당하는 건 에디 그리고 카로, 너란다!"

"뭐라고요?"

나는 그 말을 듣고 놀라서 까무러칠 뻔했어. 우리 엄마 아빠는 완전히 미친 사람처럼 길길이 날뛰며 중세 시대에 그랬던 것처럼 나를 사슬로 묶어서 지하 토굴에 가두어 버리실 게 뻔했지. 빵도 물도 주지 않은 채로 말이야. 마찬가지로 난 텔레비전과 인터넷 역시 잊고 살아야 할지도 몰라. 앞으로 최소한 150년 동안은.

"카로의 잘못은 아니죠."

이젠 야나가 말하기 시작했어.

"선생님의 동료 분들이 더운 여름 날씨에 그렇게 될 정도로 절제하지 않고 마셨잖아요. 그러고는 처신을 잘못하신 거고요. 카로의 잘못은 아니죠."

자비네 선생님이 진정하라는 듯 두 손을 들어 올렸어.

"흥분하지 마라. 내가 얼마나 너희들 편을 들었는지 아니? 그리고 동료 선생님들께도 직접 용서를 구했고. 선생님들은 그래도 한 번 더 관대하게 생각해 주실 뜻을 내비치셨어. 그 덕분에 교장 선생님도 화가 좀 누그러지셨지. 아무튼 당분간은 말야."

"어떻게 그렇게 하셨어요?"

나는 조심스럽게 물었어.

"쉽지는 않았지만 선생님들에게 펀치에 술을 넣은 것은 너희들 책임이 아니라고, 그리고 동영상은 치기어린 장난이었을 뿐이라고 말하며 설득했어."

자비네 올트호프 선생님은 야나가 있는 쪽으로 돌아 앉으셨어.

"내 말이 맞지? 아니면 네가 보드카를 넣었니?"

"저요?"

야나가 자긴 아무 죄도 없다는 듯이 말했어.

잠깐! 이 대목은 좀 더 정확하게 설명해야 할 필요가 있을 것 같아. 이 '저요?'는 '난 아무 잘못이 없어요.'라는 말투이긴 했지만, 그렇다고 '격하게' 잘못을 부인하는 말투도 아니었어! 내가 무슨 말을 하는 건지 네가 이해했으면 좋겠다. 야나가 부자연스럽게 흥분했다면, 누구라도 보드카 사건의 배후에 야나가 있다는 걸 알았겠지. 하지만 야나는 그렇게 과하게 반응하지 않았고, 바로 그 점이 오히려 그 아이를 덮어놓고 믿을 만한 아이로 보이게 만들었지. 만약 내가 직접 그 파티에 있지 않았더라면, 나는 이 전문 연기자 뺨치는 야나의 연기 실력에 완전히 속아 넘어갔을 거야.

"네가 음료수 나눠 주는 걸 맡아서 했잖아, 그래서……."

자비네 선생님은 이유를 설명했어.

"저는 그저 도와 드리려던 것뿐이었어요!"

야나의 억양으로 보아선 누가 들어도 방금 야나가 억울하기 짝이 없는 부당한 일을 당했다고 철석같이 믿게 만들었지.

"그리고 음료 탁자 주변에는 선생님의 화가 친구 분들도 서 계셨잖아요. 염소 수염 아저씨와 밀짚모자 쓰신 분요. 두 분이 파티 내내 선생님들 한 분, 한 분을 뒤에서 흉보시던걸요. 어쩌면 그분들이 선생님들을 놀리려고 그랬을지도 모르죠."

"흠."

자비네 선생님이 잠시 생각하시더니, 후회하는 표정으로 야나의 말을 인정하셨지.

"둘 다 성질들이 별나서 그럴 수도 있을 것 같다. 이따 오후에 곧바로 전화해 봐야겠구나."

"아 참, 선생님."

야나가 검지를 치켜들고 거드름을 피우며 말했어.

"혹시 그분들이 제 아이폰을 보셨는지도 같이 물어봐 주실래요? 분홍색 케이스를 씌운 거요. 제 아이폰을 파티에서 잃어버린 것 같아요."

"알았다. 하지만 명심해! 한 번만 더 그런 잘못을 저지르면 우리 모두 새 학교를 찾아야 할 거라는걸."

그런 '잘못'이라니?

하지만 그때까지도 나는 그 문제를 '잘못'과는 거리가 먼 것으로 보고 있었어. 무엇보다도 그 동영상에 대해 학교에서 어떠한 직접적인 징계 조치도 내리지 않았기 때문이었지. 그래, 코르프바일러 선생님을 신경쇠약에 시달리게 하고, 자비네 선생님을 화나게 할 생각은 정말 없었어. 내가 술에 취한 선생님들을 찍은 동영상 덕분에 엄청나게 많은 포인트를 얻은 걸 창피해했을 것 같다고? 아니, '그 사실'은 전혀 싫지 않았어. 그리고 야나가 아이폰이 없어서 포인트 경쟁에서 눈에 띄게 뒤처져 있는 것 역시 그다지 슬프게 와 닿지도 않았고. 그뿐 아니라 에디가 올린 '우리 선생님들이 취했대요.'는 내가 올린 '만취한 교사들(Druken teacher Berlin)'만큼 많은 관심을 불러일으키지 못

했거든. 솔직히 말해서 나는 에디에게 영어를 쓰면 더 많은― 실은 엄청나게 많은― '온 쇼' 이용자들을 확보할 수 있다고 굳이 가르쳐 줘야 할 눈곱만 한 이유도 없었지.

괴짜 게르트 있잖아, 그 인기 순위 3위를 차지했다던. 그 게르트가 갑자기 둘째가라면 서러운 나의 광팬이 되어선, 심지어 '지존!'이라는 댓글까지 달고선 내 동영상을 공유했어. 동영상을 온라인에 게재한 뒤 몇 시간 만에 나의 '만취한 교사들'은 독일 '온 쇼' 인기 동영상 순위에 10위로 등극했단다. '온 쇼' 포인트 경합에서도 나는 순위 39727위에서 갑자기 100위 안에 진입하게 되었어. 게다가 저 토니 로까지 나에게 포인트를 주었더라. 나는 얼떨떨했어. 어떻게 그렇게 한꺼번에 어마어마하게 순위가 올라갈 수 있니!

나는 이제 선두 순위에 있었어. 야나와 에디보다 훨씬 앞섰지. 그리고 그거 아니? 그렇게 앞서 가게 돼서 정말 좋았어! 다만 그 좋았던 기분은 오래가지 못했지. 야나가 이제 자기에게 기회가 사라졌다고 생각하고, 또 그걸 특별히 감추지도 않았거든.

"얘, 내 생각에 너 나한테 빚 갚을 게 있는 것 같다!"

점심 시간에 야나가 나직이 목소리를 깔고 말했어.

나는 놀라서 야나를 바라보았어.

"무슨 말이야?"

"네가 받은 점수는 전부……."

야나가 빨간 매니큐어를 바른 검지 손톱으로 내 어깨를 찌르며 말했어.

"원래 나한테 올 점수였거든."

"야! 뭔 소리야?"

그 애의 손톱이 어찌나 날카롭게 파고드는지 정말 아프더라. 다른 아이들이 보고 있어서인지 야나가 목소리를 낮추고 말했어.

"내가 보드카를 제대로 처리하지 못했으면, 그 동영상은 절대 나올 수 없었어. 네가 동영상을 찍을 수 있었던 건 전부 내 덕분이란 말이야."

야나는 불쾌한 얼굴로 나를 노려보았어. 그렇게 독기서린 눈길을 받아 본 건 처음이었어. 앙숙인 에디조차 그런 눈길로 날 쏘아보지는 않았는데 말이야.

"그 포인트는 전부 내가 만들어 낸 거야!"

순위가 올라가서 기뻤던 마음이 한순간에 달아나 버렸지. 더군다나 듣고 보니 그 애 말이 일리가 있는 것 같았어. 나는 다시 우리가 맺은 협정을 떠올려 보았어. 우리는 항상 서로 협조해야 해. 포스트 더 모스트! 최대한 많이 게시하자! 그런 것들이었는데…….

더군다나 에디까지 나타나 어슬렁거리며 우리가 있는 쪽으로 걸어왔지. 정확히 말하자면 야나를 향해서.

"좋아. 그럼 내 포인트 반은 너한테 줄게."

나는 싸움이 계속되는 걸 피하려고 야나에게 포인트를 양보했어.

"반이라고?"

야나는 믿을 수 없다는 듯 고개를 절레절레 흔들었어.

"너, 지금 포인트 절반으로 나를 구슬릴 수 있다고 생각하는 거니, 진짜? 특히 이젠 저 빌어먹을 마녀 올트호프마저 나를 의심하고 있는데?"

"그럼 내 포인트 다 가져가!"

에디가 과감하게 포인트를 모두 양보했지.

"아이팟을 랜에 연결하는 대로 곧장 너한테 넘길게."

"약속했다?"

야나는 한 치의 틈도 보이지 않고 대답했어.

"그런데 너 이 못된 자식, 만약에 네가 내 아이폰을 훔쳐 갔다는 걸 밝혀지는 날엔 넌 죽은 목숨인 줄 알아라!"

"사실 정확히 따지면 절반도 많은 거거든! 네 아이폰이 없어진 게 내 책임은 아니잖아. 너의 부모님이라면 분명 새 휴대전화를 사 주시겠지."

나도 지지 않았어. 결론적으로 그 포인트는 내가 어렵게 받은 것이었으니까.

"분명히 그렇게 하시겠지. 하지만 그게 시간이 좀 걸릴 것 같다. 두 분 다 지금 테네리파 섬*에 계시거든."

"정말?"

---

*카니라아제도에 있는 가장 큰 섬. 스페인령이며 유명한 관광지.

나는 놀라서 물었어.

"널 혼자 두고 말이야?"

야나가 어깨를 으쓱해 보이며 말했어.

"아이고, 애야. 내가 왜 혼자니? '온 쇼'에 친구들이 얼마나 많은데."

야나는 아랫입술을 질끈 깨물었어. 그런 다음 갑자기 누그러진 태도로 점수를 양보했어.

"좋아, 카로. 어쩌면 절반이 공정할 것 같아. 결론적으로 네가 위험을 무릅쓰고 동영상을 올렸으니까. 미안하다. 아이폰이 없어진 뒤로 내가 완전히 날카로워져서."

"하필이면 네 계획이 잘 맞아떨어진 지금, 아이폰이 없어지는 일이 발생하다니."

나는 맞장구를 치며 다 이해한다는 뜻으로 고개를 끄덕였어.

"네가 전적으로 옳았어. 독창성을 발휘해서 우리가 서로 도우면 훨씬 더 많은 포인트를 얻을 수 있을 거야……."

"그러게. 사실 내가 창의력이 있다는 건 나도 인정해."

야나가 만족한 듯 미소를 지으며 말했지.

"게다가 벌써 몇 가지 굉장한 아이디어들도 있는걸."

저 장면을 잡아!

이야기를 나눈 뒤에 우리 셋은 서로를 좀 더 잘 이해하게 되었어.

그런 다음에도 야나는 보이게, 혹은 보이지 않게 에디를 공기 취급하긴 했지만. 그 대신에 에디와 나는 그전보다 더 이야기를 많이 나누게 되었어. 이를테면 그 덕분에 에디도 나도 저 눈부신 여름 날씨에 갑갑한 실내에서 수학 공부를 하고 싶은 생각이 눈곱만큼도 없다는 걸 알게 되었고, 그래서 우리는 밖에서 만나기로 했지. 정확히 어디서 만날지도 알고 있었는데 그곳은 바로 수영장이 딸린 대저택에 살고, 현재 부모님이 테네리파 섬에 계시는 우리의 금발 머리 친구네였지. 나는 야나의 '온 쇼' 사진첩에서 본 그 화려한 침대형 벤치에 편하게 누워서 시원한 음료수를 쪽쪽 빨아먹는 내 모습이 벌써 눈앞에 보이는 듯했어.

"너희들을 실망시키게 되어서 유감이다."

우리가 교실 밖 복도에서 그 이야기를 꺼내자 야나는 그렇게 말하곤 애석하다는 듯 입꼬리를 내렸지.

"설비 아저씨들이 아직 일을 다 끝내지 못했거든."

"뭐야! 지난주에 그렇게 말했잖아. 너한테 뒤로 3단 공중제비를 두 번 돈 다음 엉덩이로 입수하는 거 보여 주려고 했는데."

에디가 흥분해서 말했어.

야나는 평소처럼 에디의 허튼 소리는 못 들은 척했지.

"나도 진짜 괴롭다, 얘들아. 여과용 펌프의 대체 부품이 아직 배송되지 않았거든."

"그렇더라도 난 오늘 방 안에 웅크리고 있고 싶지는 않다. 오전 내

내 학교에 앉아 있었으면 그걸로 충분하지.”

나는 불쾌하고 못마땅했어. 내가 야나네 수영장에 가자고 했거든.

야나가 갑자기 두 눈을 동그랗게 떴어.

“우리 보트 수영장에 가는 건 어때? 거기라면 여러 가지 위험한 장면들을 찍을 수 있을지 몰라.”

사실 그 수영장은 슈프레강 한가운데에 고정시켜 놓은 배를 수영장으로 개조한 건데, 겉모습은 정말 멋졌어.

“물론 내가 네 표를 살게. 우리 집 수영장에 못 가게 된 위로의 선물로 말이야.”

야나가 나에게 말했어.

“그럼 나는?”

에디가 궁금해하며 물었어.

“그럼, 너도 사 주지, 뭐. 얼간이 한 명은 우리 가방을 들고 가야 하니까.”

야나는 마지못해 신음하듯 대답했지.

우리는 심지어 이보에게도 함께 갈지 물어보았어. 이보는 고마워하기는 했지만 함께 가는 건 거절했지. 겉으로는 운동하러 가야 한다는 이유를 내세웠지만, 지난번 스터디 모임 때문에 여전히 우리와 껄끄러운 모양이었어. 어쨌든 야나는 이보가 거절한 것을 특별히 마음 아파하는 것 같지 않았어. 결론적으로 야나는 ‘온 쇼’ 때문에 이보와 싸운 뒤로 이보를 괴짜 게르트 다음가는 숙적으로 여기고 있었거든.

그래서 우리는 오후에 우리의 척척박사님을 뺀 채로 수영장에서 만났지. 우리는 필요한 모든 걸 거의 다 챙겨 갔어. 수건과 수영복을 비롯한 수영용품, 간식거리, 음료수, 에디의 아이팟 그리고 나의 분홍색 카메라까지.

그뿐 아니라 에디는 이런 것들과 조금 다른 걸 스포츠 가방에 숨겨 갖고 왔었어. 그게 뭐였는지 너는 절대로 알아맞히지 못할 거야!

야나는 수영장에서 동영상에 담을 수 있는 최대의 공황 상태를 만들길 원했어. 야나가 바란 최고의 공황 상태는 수영장에 들어온 사람들이 비명을 지르고 흐느끼며, 살기 위해 갈색 빛이 감도는 탁한 슈프레강으로 다이빙하는 것이었어. 야나가 생각하는 건 그랬어. 거사를 앞두고 우리는 이런저런 생각을 쥐어짜냈어. 예를 들어 누군가 수영장 물속에서 오줌을 누면 물이 새빨갛게 변하는 화학약품 이야기도 나왔어. 단 한 가지, 우리 중 아무도 그 약품의 이름이 정확히 뭔지, 어떻게 해야 그 약품을 손에 넣을 수 있는지 모른다는 게 문제였지. 심지어 우리는 상어도 생각해 보았어. 물론 아주 잠깐…… 하지만 상어 이야기를 하던 중에 우리는 동물을 이용하는 쪽으로 아이디어를 모았고, 에디가 과감하게 피라냐 두 마리를 가져오겠다고 말했지. 그래서 우리는 에디의 가방으로 눈길을 돌렸어. 하지만 가방 속에 든 건 피라냐 두 마리가 아니라, 빨간색의 무거운 파이프렌치*두

---

*파이프 관을 설치할 때 둥근 파이프 사이에 넣고 파이프의 나사를 돌리는 작업 공구. 대개 지름 10센티미터 이하의 철관을 이을 때 사용함.

개였어.

"살인 물고기는 어디 있니?"

야나가 화를 내며 물었어.

"마침 다 팔렸더라고."

에디는 안 하느니만 못한 거짓말로 둘러댔지.

"그리고 이 공구론 뭘 어떻게 할 건데?"

"걱정하지 마."

에디는 확신에 차서 말했어.

"내가 한 치의 빈틈도 없이 전부 계획을 세워 왔으니까. 이 렌치 두 개로 보트에 있는 화장실 배수 파이프의 방향을 틀어서 똥이란 똥은 몽땅 수영장으로 흘러들게 만들 거야."

"그걸 지금 말이라고 하니? 어떤 경우에도 그건 절대로 안 돼. 생각만 해도 더러워서 토할 것 같아."

나는 어떻게 그런 생각을 할 수 있는지 도무지 믿을 수가 없더라.

"그래. 그건 절대로 성공할 수 없을 거야."

야나도 내 말에 동조했어.

"야, 좀 믿어 주면 어디가 덧나냐? 내가 이래봬도 우리 베르톨트 삼촌이 쓰는 몇 가지 요령을 훤히 꿰고 있거든? 우리 삼촌은 배관공 국가 자격증도 땄어."

나는 의심스러운 눈길로 야나를 보았어.

"그럼 좋아. 마음대로 해. 뭐, 시도는 해 볼 수 있지."

우리는 재빨리 역할을 분담했어. 야나는 방금 전에 에디가 맡긴 아이팟으로 무장을 하고, 수영장 가장자리로 가서 자리를 잡았어. 그 애는 몸에 꽉 끼는 은색 비키니와 스타들이 즐겨 쓰는 커다란 선글라스를 쓰고 있었어. 야나를 몰랐다면, 나는 영락없이 그 아이가 유명한 여배우라고 생각했을 거야.

에디는 욕실 슬리퍼를 질질 끌며 렌치가 든 스포츠 가방을 들고 걸어갔어.

나? 나는 에디가 임무를 수행할 동안 망을 보기 위해 에디를 따라갔지. 그런데 남자 화장실에 들어갔던 에디가 너무 빨리 밖으로 나온 거야.

"무슨 마법을 부려 놓았는지, 아무리 해도 배관이 열리지 않아."

에디가 당황한 얼굴로 말했지.

"이건 미처 생각 못 했네. 너 여자 화장실 좀 보고 올래?"

"어떻게, 뭘? 대체 뭘 보고 오라는 거니? 내가 국가 자격증을 딴 배관공도 아니고."

나는 에디가 무슨 소리를 하는지 이해할 수 없었어.

"아, 됐어! 내가 가고 말지."

에디는 신경질을 내며 손을 내저었어. 그러곤 여자 화장실로 사라졌지만 마찬가지로 아무 성과 없이 곧 되돌아왔지.

"전부 다 벽판을 대어 놓아서 열 수가 없어."

"그럼 이제 어떡할까?"

"2차 계획을 시도해야지."

에디는 다시 입이 귀에 걸리도록 히죽 웃었어.

"2차 계획?"

"우리 셋이 수영장에 직접 똥을 누는 거야."

"으으으, 에디, 너 진짜!"

"좀 그렇지?"

에디는 과하다 싶을 정도로 자신감 있게 고개를 끄덕였어.

우린 다시 야나가 있는 곳으로 갔어. 나는 야나가 우리를 보는 즉시 길길이 날뛸 거라고 확신했어.

에디가 소심한 말투로 계획이 실패했다고 털어놓았어.

"나, 사실 제대로 시작도 못 했어."

"괜찮아."

야나가 쾌활한 말투로 말했어. 그 사이에 야나는 립글로스를 바른 모습이었고, 몇몇 남자들은 드러내 놓고 야나를 쳐다보며 관심을 보였어.

우리는 당황하여 야나를 빤히 보았지.

"괜찮다고?"

나는 메아리처럼 야나가 한 말을 똑같이 반복했어.

"그래."

야나는 비키니를 만지작거리며 말했어.

"내가 주변을 찍다가 대박을 건졌거든. 이제 '포스트 더 모스트'만

외치면 돼.”

야나는 수영장 반대편에 있는 벤치를 가리키며 고개를 끄덕였어.

“저기 저 건너편 좀 봐. 왼쪽에서 세 번째 아줌마.”

나는 햇빛 때문에 눈을 깜빡이며 건너편을 바라봤지.

“저 아줌마가 왜?”

“저 아줌마, 담임 선생님의 부인 아니니?”

야나가 눈썹을 추켜올리며 말했어.

“그런데 어머, 저 아줌마 옆에 있는 멋진 남자는 누굴까?”

진짜였어. 긴 벤치 한 곳에 우리 담임 선생님의 부인이 앉아 있었어. 부인은 수영복 상의 끈을 옆으로 밀친 상태였고, 몸매가 좋은 젊은 남자가 부인의 등에 선크림을 발라 주고 있었어. 크림을 다 바르고 나자 부인은 고맙다는 표시로 그 젊은 남자에게 뽀뽀를 해 주었어.

야나는 당연히 그들이 선크림을 바르는 내내 에디의 아이팟으로 동영상을 촬영했지.

“선생님 부인 옆에 있는 저 남자는 누구지?”

에디가 의아해하며 물었어.

“그야 당연히 애인이겠지. 저 두 사람, 완전히 사랑에 빠진 연인처럼 서로를 대해 주잖아.”

야나가 에디에게 설명했어.

나는 그 말을 믿을 수 없었어. 그래서 당황해서 반박했지.

“만약 저 사람이 선생님 부인이 몰래 만나는 애인이라면, 왜 이렇게 공개된 곳에서 만나겠냐?"

"베를린은 아름답고 거대하지. 만약 사람들 눈에 띄지 않게 잠수하고 싶다면, 익명의 무리들 속에 숨어드는 것만큼 좋은 게 또 있을까?"

야나가 대답했어.

나는 고개를 절레절레 저었어.

"여기 있어. 난 가까이 가서 전부 다 촬영해 와야겠다……."

야나가 말했어.

"기다려!"

나는 불쾌해졌어. 도를 넘어선다는 생각이 들었지. 그뿐 아니라 나는 그때까지도 계속해서 자비네 올트호프 선생님과 나눴던 대화가 귓전에서 떠나지 않았거든. 선생님이 분명히 경고했었지, 결국엔 학교에서 쫓겨나게 될 거라고.

"얘!"

야나는 검은 선글라스를 코끝까지 끌어 내리고 선글라스 너머로 나를 살펴보았어.

"진정한 파파라치는 자기의 일을 마칠 때까진 아무도 못 말리는 법!"

"우리 잠깐 생각할 시간 좀 갖자……."

"무슨 생각을 그렇게 거창하게 할 건데? 이거 어쩌면 '온 쇼'에서 우리가 뽑히는 데 결정적일 역할을 할 수도 있어. 난 이 사진들을 빨리 올리고 싶어 참을 수가 없어."

그런 다음 야나가 에디에게로 돌아섰어.

"있잖아, 내가 네 아이팟을 집에 가져가도 될까?"

"내 아이팟이 네 아이팟이지. 그럼 너, 나한테 빚지는 건데……."

"무슨 빚?"

"키스."

에디는 그렇게 외치고는 화려한 동작으로 물속에 몸을 던졌지.

하나, 둘, 셋, 하면 숨는 거야

돌아오는 길에 나는 결심했어. 무슨 일이 있어도 야나가 그 동영상을 게시하는 미친 짓을 못 하도록 말려야 한다고. 미친 짓이 아르히발트 선생님에게 망신을 줄 수 있으니까. 그 결과가 우리에게 미칠 후폭풍은 차치하고서라도 말이야. 내 노트북이 갑자기 흔적도 없이 사라지지만 않았다면, 나는 집에 오자마자 내 방으로 들어가 곧바로 그 아이에게 쪽지를 보냈을 거야.

엄마 아빠는 거실에 앉아서 뉴스를 보고 계셨어.

"엄마, 내 컴퓨터 어디 있어요?"

나는 큰 소리로 물었어.

엄마는 아예 날 쳐다보지도 않고 대답했어.

"다시 회수했다."

"뭐라고요? 왜요?"

나는 어안이 벙벙했어.

엄마 아빠 두 분 중 아무도 내 말에 대답을 안 하시더라. 그거 아니, 우리 엄마 아빠는 원래 엄한 분들이 아니시거든. 단 내가 지켜야 하는 단 한 가지 규칙이라면, 아무리 늦어도 저녁 일곱 시경엔 집에 들어와야 한다는 것이었어. 때때로 일곱 시 반까지도 허락해 주셨는데, 그것도 내가 밖에서 미리 알려드릴 경우만 가능했지. 하지만 지금은 일곱 시 오 분을 지난 터라 영문을 모르겠더라고.

"내가 뭐 잘못했어요? 아니면 왜 그러시는데요?"

나는 목소리를 높여 물어보았어.

아빠가 소파 탁자 위에 놓인 초록색 공책을 가리키며 말했어.

"너, 엄마 아빠한테 수학 점수 언제 보여 주려고 했니?"

나는 소스라치게 놀라고 말았어. 마지막 수학 시험에서 야박하기 짝이 없는 점수를 받았는데 그걸 들키고 만 거지. 그래, 나도 알아. 시험을 망친 아이들은 모두 그런 소리를 한다는걸. 하지만 내 경우엔 정말로 그랬다니까. 그 야박한 점수를 받은 시험지를 돌려받았을 때, 나는 코르프바일러 선생님 때문에 휘몰아친 분노의 소용돌이 속에 있어서 시험지는 새까맣게 잊어버렸지. 아무튼 분명한 건 엄마 아빠에게 점수를 비밀로 하려는 나쁜 의도는 없었어.

"잊고 있었어요."

나는 기어 들어가는 소리로 웅얼거렸어.

"숨기려고 한 건 아니고?"

"아니에요. 그냥 보여 드릴 시간이 없었던 거예요. 진짜예요!"

나는 조금 큰 목소리로 대꾸했어.

"놀랄 일도 아니지. 만날 인터넷만 붙들고 있으니."

엄마가 화난 목소리로 단호하게 말씀하셨지.

안타깝지만 엄마 말은 옳았어. '온 쇼'와 포인트 사냥 때문에 최근 들어 내 생활은 전부 소셜네트워크 중심으로 돌아가고 있었거든. 학교가 끝나면, 다른 사람들이 쓴 새로운 게시물들을 읽고 싶어서 참을 수가 없었어. 그리고 포인트를 거두어 들일 만한 일이 뭐가 없을까, 궁리하느라 진짜 바빴지. 너, 그거 아니? 나 말이야, 실은 '온 쇼'를 하면서 태어나서 처음으로 나를 진짜 열정으로 똘똘 뭉치게 하는 일을 찾았단다. 그렇다 보니 어느새 나는 컴퓨터가 없으면 조금도 옴짝달싹할 수도 없는 곳에 갇힌 듯 갑갑한 기분이 들었어. 컴퓨터가 사라진 그 순간엔 특히 그랬지. 무슨 일이 있어도 야나가 대형 사고를 치지 못하게 말려야 하는데…….

나는 퍼뜩 전화기를 생각해 내고는 야나에게 전화를 걸려고 뛰어갔지.

"너, 어딜 가려는 거니? 거기 서지 못해!"

엄마가 소리쳤어.

"잠깐 전화할 데가 있어요. 진짜 중요한 일이란 말이에요!"

"지금은 안 돼. 우린 먼저 네 해명부터 들어야겠구나."

너, 내가 얼마나 큰 압박감에 시달렸을지 상상할 수 있겠니? 시간은 지나가고, 엄마 아빠는 화난 기색이 역력했지. 곧이어 나는 이런 것들과는 전혀 다른 문제에 부딪히고 말았어. 왈칵 눈물이 쏟아진 거야.

"뚝 그쳐, 카롤리네. 울지 말고 어찌된 일인지 해명하고 설명해야지."

아빠가 타이르는 말투로 말했어.

그런 말투는 기분을 더 나쁘게 만들지.

"엄마 아빠 말씀이 옳은 것 같아요."

나는 콧물을 훌쩍이며 말했어.

"그래서? 그럼 이제 어떻게 할 거지?"

아빠는 기대에 부푼 모습으로 나를 바라보았어.

나는 이글이글 타오르는 석탄 위에 서 있는 것 같았어.

"더 열심히 공부할게요. 맹세해요."

"그리고?"

텔레비전에선 마침 수해 지역에 관한 뉴스가 나왔어. 사람들이 얼마 안 되는 물건들을 머리에 이고, 허리까지 차오른 물속을 걸어서 건너고 있었지.

"그리고 또 하루에 두 시간 이상 컴퓨터를 켜지 않겠다고 맹세해요."

"한 시간이면 더 좋을 것 같구나."

아빠가 의견을 내놓으셨지.

한 시간이라고? 인터넷을 하다 보면 한 시간은 있으나 마나 한 시간인데……. 하지만 지금은 아빠와 협상할 시간이 없었지.

"좋아요. 그럼 이제 제 노트북을 다시 받을 수 있어요?"

엄마는 여전히 엄격했어.

"안 돼!"

"하지만 오늘은 한 번도 인터넷 접속을 하지 않았단 말이에요. 그리고 한 시간은 주셨잖아요. 방금 그렇게 하기로 합의하셨잖아요. 벌써 잊으신 거예요?"

나는 엄마 말에 반발했어.

"좋은 지적이야."

아빠가 엄마를 바라보며 한숨을 쉬었어.

"그건 카로 말이 옳네."

그런 다음 아빠가 내 노트북을 가져오셨어.

'온 쇼'에서 나는 담임 선생님의 부인 사진은 한 장도 발견할 수가 없었어. 나는 조바심이 나서 대화창을 열었어. 아무도 나에게 어떻게 해서든 야나를 막아 보지 그랬느냐고 비난하진 못할 거야.

카로: 있어?

야나: 응. 나 지금 사진 편집 중이걸랑. 정말 끝내주게 되

82

었어.

카로: 그거 게시하지 마, 제발! 그걸 올리면 아르히발트 선생님의 부부 관계는 끝장날 거야.

야나: 뭐??? 너, 돌았구나? 어째서 우리가 부부 관계를 끝장내는 거야? 몰래 사랑하는 두 사람이 스스로 관계를 무너뜨리는 거지!!! 적어도 그런 공공장소에서 만나지 말았어야지.

카로: 하지만 그 사진을 올리는 건 너무 심한 것 같아. 공공장소에선 거기에 온 사람들만 보게 되지만, 인터넷에 올리면 정말 모든 사람들이 보게 되잖아. 그건 아주 사적인 일인데. 신경쇠약증에 걸린 코르프바일러 선생님을 생각해 봐.

야나: 하하. 하필이면 네 입에서 그런 말이 나오다니! 코르프바일러 선생님 사건의 주범은 네가 올린 동영상이었잖아. 그리고 그 덕분에 넌 엄청나게 많은 포인트를 얻었고.

카로: 그래서 학교에서 쫓겨날 뻔했지.

야나: 흑흑흑, 이렇게 눈물겨울 수가! 그런 위험을 무릅쓰고 친절하게 동영상까지 올려 주시고, 응?

카로: 나는 단지 네가 목숨이 간당거릴 정도로 많은 원망을 살까 봐 막으려는 거야.

야나: 야나 슈퍼스타는 어차피 곧 '온 쇼'의 앵커가 될 거

야. 그렇게 되면 지긋지긋한 학교에 가지 않아도 되겠지. 말한 김에 이것도 얘기할게. 나는 이번 동영상에 '교사의 아내, 거칠고 섹시해.'라는 제목을 붙이기로 했어.

카로: 너, 그거 진짜 게시하면 안 돼. 제발 부탁이야!

야나: 내가 이걸로 포인트를 끝없이 모아서 너랑 에디를 제칠까 봐 그러니?

카로: 지금 그게 이 동영상이랑 무슨 상관이야? 그건 아무 상관도 없어!

야나: 무슨 소리! 너, 나를 멍청이로 생각하니? 온 도시 사람들이 이 동영상을 보는 순간 모두 동영상을 좋아하게 될 거야. 이거야말로 진정한 파파라치 컷이니까. 사랑, 열정, 질투가 버무려진. 빗발치듯이 포인트가 쏟아져 내릴 거야. 물론 이번 포인트는 나 혼자 다 가져갈 거고.

카로: 아무튼 나는 1포인트도 주지 않을 거야. 이번 일에 나는 끼어들고 싶지 않아.

야나: 그렇다면 우리 우정도 다시 생각해야 할걸. 기다려…….

카로: 뭘 기다려?

야나: 온라인에 사진들을 올렸거든. 지금 막!

지상 최고의
사진을 찍어라!

믿을지 모르겠지만, '온 쇼'에서의 채팅 이후, 야나는 나와 단 한 마디도 나누지 않았어. 그냥 나를 무시했지. 그것도 진짜 고단수를 써서 말야. 결론적으로 말해서, 우리는 항상 학교 앞에서 만나거나 쉬는 시간에 운동장에 함께 서 있을 뿐 아니라, 수업 시간에도 나란히 앉았어. 그때마다 내가 그 애를 보면 그 애는 눈길을 돌렸어.

쉬는 시간에 내가 앉아 있으면, 그 애는 일어섰고, 반대로 내가 일어서면, 그 애는 가만히 앉아 있었지. 내가 그 애에게 가면, 그 애는 그 즉시 방향을 바꾸어 버렸어. 내가 말을 걸면 그 애는 전혀 듣지 못한 척했어. 그리고 그 애가 나를 바라보면, 내가 눈길을 다른 곳으로 돌려 버렸지.

나도 알아. 딱 유치원 수준이라는 걸. 그래, 정확히 맞혔어. 물론, 에디에게 우리 사이의 중재자가 되어 달라고 부탁할 수도 있었겠지.

하지만 야나가 나를 헌옷 수거함에 넣을 낡은 옷처럼 추려낸 그때부터 에디와 야나는 갑자기 세상에서 둘도 없는 절친이 되었어. 야나는 단 일 분이라도 시간이 나면, 에디와 함께 보냈고, 에디가 에디 특유의 멍청한 농담을 해도, 보라는 듯이 큰 소리로 웃었어. 그런데 그 멍청한 녀석은 야나가 자기를 이용하는 걸 전혀 눈치 채지 못했지. 에디, 네 콜라 한 모금만 마셔도 될까? 너무너무 목이 말라. 너, 내 독후감 좀 써 줄 수 있니? 너는 항상 좋은 아이디어가 많잖아. 에디, 내가 네 아이팟 아주 잠깐만 가져가도 될까?

에디는 계속 야나를 위해 뭔가를 해야 했어. 그러다간 '가서 막대기 좀 주워 와.'라는 심부름을 할 날도 머지않아 보였지. 그 녀석을 달나라까지 쏘아올리고 싶었지만, 그래도 에디는 야나와는 다르게 나랑 말은 했어. 그리고 솔직히 말하면, 나는 친구가 그렇게 많지도 않고.

"너, 대체 왜 그러는 거니?"

아침 시간*에 야나가 막 밖으로 나갔을 때, 나는 에디에게 물었어.

"뭘 왜 그래?"

에디는 놀라서 물었어. 그러곤 어제 산 차가운 케밥의 포장을 벗기기 시작했어.

"야나가 너를 원숭이로 만드는 행동 말이야."

---

*독일에선 점심 도시락이 아닌, 아침 도시락을 싸 갖고 학교를 가는 경우가 대부분이다. 아침 일찍 학교 수업을 시작하기 때문이다.

"우가, 우가!"

에디는 돌돌 만 케밥을 마치 바나나처럼 들고는 바나나 껍질을 벗기듯 케밥을 벗기는 시늉을 했어.

"난 원숭이 안 해, 고릴라 할 거야. 고릴라 조오오오아."

멍청하고, 불쌍한 에디. 에디는 야나가 자기를 진심으로 좋아한다고 정말로 믿고 있었어. 자기가 야나를 좋아하듯이 말이야.

"너, 요즘 쉬는 시간마다 그 애랑 시간을 보내잖아."

"내가 그 애랑 함께 시간을 보낸다고, 누가 그러디?"

에디는 놀라서 큰 소리로 말하고는 들고 있던 케밥을 한 입 크게 물었어.

"나는 내 아이팟 근처에서 떠나지 않은 것뿐이야."

"그렇단 말이지? 그러면 너, 그거 다시 돌려받고 싶은 마음은 있는 거니?"

나는 계속 파고들었어.

"아흐, 내가 지금 당장은 아이팟이 필요 없어서 말이야."

에디가 말했지.

"하지만 그렇게 하면 너는 '온 쇼'에서 절대로 이기지 못해!"

나는 고개를 저으며 소리쳤어.

에디가 곰곰이 생각하더니 히죽 웃었어.

"야나랑 확실하게 거래를 했거든. 그 애가 내 아이팟을 갖고 있는 한, 나는 그 아이가 모은 포인트의 30퍼센트를 가질 거야."

"30퍼센트라고? 그런데 그 수학 꽝인 애가 30퍼센트가 얼마나 많은지 알기는 알까?"

나는 비꼬아 말했어.

에디는 기름기가 묻은 양손을 바지춤에 슥슥 닦았어.

"걱정하지 마. 계산은 내가 하니까."

그렇게 말한 뒤 에디가 미소를 지어 보이며 검지를 입술에 댔어.

"하지만 쉿! 야나는 자기가 나한테 10퍼센트만 주는 줄 알고 있으니까."

나는 깜짝 놀랐어. 지금 얘가 진지하게 말하는 건가? 아니면 얘 특유의 이상한 농담을 하는 건가?

에디는 배낭에서 콜라를 꺼내어 한 모금 마시고는 갑자기 동정심 어린 눈길로 나를 바라보았어.

"야, 홍당무, 야나랑 이제 전투를 끝낼 생각 없냐?"

난 사실 그때 진실을 말하려고 했었어. 야나가 나를 비난한다고, 공기처럼 취급한다고. 그리고 그런 모습을 볼 때면 힘이 빠져 얘가 있는 쪽으로 걸어갈 힘마저 바닥이 나는 것 같다고. 그러다 보니 나와 그 애가 처한 상황이 마치 싸움 끝에 절망적으로 헤어진 부부 사이 같다고. 그리고 그게 화가 나고 분해서 심장이 마구 방망이질을 한다고. 그 상황이 어찌나 참기 힘든지, 다른 반으로 옮길까 생각할 정도라고. 하지만 에디 앞에선 약한 모습을 보이기 싫었어.

"날 홍당무라고 부르지 말라고! 그리고 결론적으로 말하자면, 싸움을 시작한 건 내가 아니거든!"

"너희들 어쩌려고 그래? 3차 세계 여자대전이라도 벌일 거니?"

에디는 마음이 불편할 정도로 내 눈을 똑바로 쳐다보았어.

"진짜 솔직히 말해 봐! 너, 우리가 맺은 협상에 참여하긴 할 거냐?"

나는 잠시 생각한 뒤 대답했어.

"그럼. 하고말고."

"그렇다면 우리가 그때 찍었던 그 수영장 동영상에 그냥 포인트 한 점 줘. 그것만 하고 나면 야나랑 너, 너희 둘은 평화롭게 지내게 될 거야."

"그, 그건 못 하겠다. 솔직히 말해서 아르히발트 선생님의 부인 동영상을 올린 건 야나가 넘어서는 안 되는 선을 넘은 거야."

나는 말까지 더듬으며 말했어.

"그 애가 그 동영상으로 받은 포인트 덕분에 너를 훌쩍 앞서서 기분이 나쁜 건 아니고?"

"아니야. 정말 그런 거 아니야."

나는 전적으로 아니라고 부정할 수 있는지 확신할 수는 없었지만, 서둘러 아니라고 반박했어.

야나는 자기가 올린 동영상과 사진에 더 많은 관심을 끌려고 간단한 작업을 더했더라.

'만취한 베를린의 교사들'의 사진에서 아르히발트 선생님의 부인만

별도로 표시한 다음, 그 옆에다 은밀한 한 쌍의 연인들 사진을 게시한 거야. 나에게 포인트를 준 사람들은 자동적으로 그 아이의 게시물을 보게 되는 거지. 원칙적으로 보면, 야나도 저 괴짜 게르트처럼 다른 사람의 성공을 등에 업고 덕을 본 거지. 게다가 그 괴짜 게르트는 야나를 '이 주의 클릭 왕'으로 뽑았어. 그 덕분에 야나는 믿을 수 없을 만큼 많은 포인트를 거두어 들일 수 있었지.

"그렇다 하더라도."

에디는 그렇게 말하고는 다 마신 콜라병을 쓰레기통을 향해 던졌어. 하지만 쓰레기통의 옆구리만 맞추고 빗나갔어.

"어찌되었든 이제 게시물과 관련된 일은 엎질러진 물이야. 그리고 너, 불평쟁이 할머니! 할머니도 한 가지는 인정해야 할걸?"

에디가 농담을 했어.

"지금까지 네가 염려했던 일들 중 실제로 벌어진 일이 없었다는 것 말이야. 혼이 나지도 않았고, 학교에서 징계를 내리지도 않았고, 세상이 무너지지도 않았어."

"그건 두고 볼 일이야."

나는 진지하게 말했어.

"자비네 올트호프 선생님은 선생님들 중에서 '온 쇼'에 접속하는 유일한 선생님이야. 지금은 아르히발트 선생님과 함께 삼 일간 연수를 받고 계시지만 곧 사진을 보게 되겠지. 내일 선생님들이 돌아오시면 곧 구린내가 진동할 거야."

"구린내가 진동할 거라고? 야, 여자애 입에서 그런 말이 나올 줄 상상도 못했다."

에디가 비죽 웃으며 내 팔뚝을 주먹으로 살짝 쳤어.

네 도움이 필요해

다음 날 아침, 우리는 아르히발트 선생님 부인과 관련된 동영상 사건 후 처음으로 아르히발트 선생님께 수업을 받았어. 선생님은 평소와 다름 없이 나를 대하셨어. 아직 그 수영장에서 촬영한 동영상을 보지 못했거나, 아니면 동영상을 봤어도 그 일이 선생님에게 아무 상관이 없거나 둘 중 하나인 것 같았어. 그때 우리 학교에서 가장 뜨거운 화제는 바로 그 동영상이었거든. 심지어 이보에 이르기까지 전교생이 전부 그 불륜 동영상을 보았고, 교실에 감도는 긴장감 어린 정적은 점차 커져 가는 불안에 밀리고 있었어. 그러나 우리 선생님은 불을 내뿜는 괴물로 변신하는 대신 아주 침착하게 칠판에 과제를 쓰고, 우리에게 조용히 하라고 경고하려고 잠시 뒤돌아섰다가 다시 칠판을 향해 돌아섰을 뿐이었지. 아무 일도 없었던 것처럼 말이야. 맞아, 아르히발트 선생님은 지금까지 고함을 치거나, 분필을 던지는 행동을 하신 적이 한 번도 없었어. 선생님은 늘 평정심을 유지하고, 남학생들이 어떤 어리석은 행동을 하더라도 얼굴색 하나 안 변하는 분이었어. 우리는 아내의 불륜이 공개된 지금쯤이면 제아무리 점잖은

91

선생님이라도 평정심을 잃을 거라고 기대하고 선생님의 행동 하나하
나를 흥미진진하게 주시했지.

"너, 야나 어디 있는지 아니?"

쉬는 시간에 나는 에디에게 물었어.

"모르겠는데. 어디가 아프거나, 아니면 얼굴에 뾰루지가 한 개 생겼
거나, 아니면 둘 다이거나……."

에디는 어깨를 으쓱하며 대답했어.

나는 생각이 달랐어.

"만약 선생님들이 동영상 게시물 때문에 이미 야나를 수업에서 배
제시키고, 야나의 부모님께 전화를 걸어 걔네 부모님이 스위스에 있
는 국제 귀족 학교에 야나를 보내 평생 그곳에 처박아 두려고 한다
면?"

에디가 고개를 가로저으며 말했어.

"그랬다면 담임 선생님이 우리에게 무슨 이야기든 하셨겠지."

그 말이 맞았어. 열한 시 반쯤 느직이 학교에 나타났더라고. 불어
수업 시간이었지. 야나는 가벼운 여름 옷차림에 엄청 높고 가는 굽이
달린 끈 샌들을 신고 있었는데, 기분은 최고인 것 같았어.

"아, 드디어 '모나미'*가 납시었구나."

슈베르트페거 선생님이 불쾌해하며 큰 소리로 말씀하셨어.

---

*불어로 나의 친구라는 뜻. 불어 선생님이 기가 막혀서 비꼬아 한 말.

"대체 뭘 하다가 이제야 오는 거야?"

야나는 털보 불어 선생님에게 상냥하게 환한 웃음을 지어 보이고는 이렇게 대답했지.

"제가 생리 중이라서요."

그러곤 꼿꼿하게 교실을 가로질러 내 옆자리로 와—물론 나에겐 눈길 한 번 주지 않고—앉은 다음, 책상 위에 큰 소리가 나게 핸드백을 놓았어. 모두들 야나를 뚫어지게 바라보았어. 대체 가방이며 학용품은 다 어디에 두고 온 걸까?

심지어 선생님마저 야나가 둘러댄 변명에 어떻게 대응할지 몰라 멍하니 서 계셨지. 그리고 마침내 선생님이 하신 말씀은,

"네가 오기만 눈이 빠지게 기다렸다. 나랑 교장 선생님께 가자, 빨리!"

야나는 신경질적으로 벌떡 일어섰어. 그러곤 눈알을 굴리며 책상을 탁 밀치고 보란 듯이 천천히 교실을 나갔지. 그것도 런웨이를 걷는 모델처럼 엉덩이를 흔들며. 교장 선생님과 면담하러 나간 뒤 야나는 다시 교실로 돌아오지 않았어.

다음 날 야나는 아무 일도 없었다는 듯 내 옆에 앉았어. 나는 여러 번 야나에게 말을 붙여 보았지만, 야나는 여전히 나한테 눈길을 주지 않았지.

운동장에 있을 때였어. 에디가 나에게로 왔지.

"네 도움이 필요해. 중요한 일이야."

"뭔데 그래?"

"야나에 관한 거야."

"어제 교장 선생님은 왜 그 애를 만나려고 하셨대? 수영장 동영상 때문에 화가 나셨나?"

에디는 신경질적으로 한쪽 다리를 앞으로 내밀고 삐딱하게 서서 말했지.

"그 일은 네가 이해해 줬으면 해. 방금 전에 너한테 아무것도 말하지 않겠다고 야나한테 약속했거든."

"뭔데, 어서 말해 봐! 내 도움이 필요하다며?"

나는 떼를 썼어.

"아, 그게……."

에디는 불편한 기색을 숨기지 못한 채 망설였지.

"나한테 전부 말해 준 건 아니야. 배에서 본 그 남자는 아르히발트 선생님의 부인이 첫 번째 결혼에서 얻은 아들이었던 것 같아. 아무튼 교장 선생님, 담임 선생님이 야나와 면담을 하신 건 사실이었어. 두 분은 이제 야나의 부모님과의 면담을 원하시지만, 야나의 부모님이 지금 테네리파 섬에 계셔서 부모님이 돌아오실 때까지 야나는 계속 학교에 와도 된대. 하지만 다음 주에 파리로 가는 우리 수학여행엔 함께 가지 못한대. 그 동안엔 옆 반에서 수업을 받아야 한다고 했어."

내가 뭐라고 했니? 그전에 일이 이렇게 될 거라고 야나에게 경고했었지?

"심한걸."

나는 재수 없는 잘난척쟁이처럼 들리지 않길 바라며 중얼거렸어.

"그렇게까지 심한 건 아닌가 봐. 야나는 어차피 안 가려고 했대. 부모님과 파리에 한 일 년 살았던 적이 있는데 그 후로 파리라면 질색이라나. 그 애가 그러는데 런던이 훨씬 멋있대."

에디가 말했어.

"하지만 야나는 부모님이 돌아오시는 즉시 학교에서 쫓겨나고 말거야!"

"나는 그렇게 생각하지 않아."

에디는 내 생각과 반대였어.

"야나는 자기 부모님이 기부금을 조금 더 내면 교장 선생님이 훨씬 더 누그러지실 거라고 확신하고 있거든. 처음 있는 일도 아니라면서."

"그런데 걔, 어제 오전엔 어디에 있었대?"

에디는 야나가 혹시 가까운 곳에 있는 건 아닌지 조심스럽게 살폈어. 그 모습을 보고 있자니 에디가 야나와 나 둘 사이를 마치 한 명은 남극에, 다른 한 명은 북극에 있는 것처럼 먼 사이라고 생각하는 것 같았어.

에디가 빨간 야구 모자를 살짝 밀쳤어.

"이 이야기는 나한테 들은 거 아니다, 약속하지?"

"맹세할게! 어차피 걔는 나랑 말도 안 하잖아."

나는 그러겠다고 다짐했어. 에디는 침을 꿀꺽 삼키고는 이렇게 말했어.

"야나가 시내에 있는 어떤 사진작가를 만났는데, 그 사람이 야나가 '온 쇼'에서 돋보이도록 도와주었대."

"진짜? 나는 야나 아빠가 사진작가라고 생각했는데."

나는 놀라서 어리둥절했어.

"그래. 하지만 걔네 아빠는 평소에도 시간이 나질 않는데다, 지금은 테네리파에서 속 편하게 여행 중이시잖아. 레니라는 그 사람은 야나 아빠의 친구래. 그 사람이 야나를 모델로 쓸 거래. 그러니까 그 레니라는 사람이 연출하여 찍은 사진이 곧 '온 쇼'에 공개되는 거지. 대신 사진 아래쪽에 반드시 그 사람의 포토 스튜디오 이름을 넣는 조건으로 말이야. 야나는 최고의 사진들을 얻고, 그 사람은 광고 효과를 얻고."

대단하지 않니? 야나는 정말 철두철미한 애였어. 나는 야나의 지칠 줄 모르는 행동력에 질투심이 생기는 걸 숨길 수 없었어.

"야나가 우승하겠네."

서서히, 나는 야나의 우승을 사실처럼 믿게 되었지.

"맞아. 그런데 그러려면 야나에겐 아이폰이 필요해."

에디가 내 말에 맞장구를 치며 말했어.

"너, 그게 어디 있는지 알고 있어?"

나는 깜짝 놀라며 물었어.

에디가 고개를 끄덕였어.

"위층 행정실에 있어. 라게 부인이 행정실 캐비닛에 분실물들을 보관하거든."

"뭐? 그게 어떻게 거기에 있어?"

"자비네 올트호프 선생님이 작업실 한쪽 모퉁이에서 그걸 발견하고 행정실에 건네주었대."

에디는 다시 초조하게 주변을 둘러보았어.

"자비네 선생님은 야나에게 그걸 돌려주시려고 했는데, 그 직후에 담임 선생님 부인 동영상 사건이 터졌어. 그래서 학교에선 야나 부모님이 오실 때까지 전화기를 보관하고 있는 거고."

"그래, 그럼 시간이 좀 걸릴 수도 있겠네."

"반드시 그렇다고 할 수는 없지."

이렇게 말한 다음 에디는 속마음을 드러냈어.

"왜냐면 내가 도로 가져올 거니까."

"가져오다니, 무슨 뜻인지 확실히 말해 주겠니?"

"낚아채 온다, 훔쳐 온다, 슬쩍 한다, 그런 뜻. 너 몰랐냐, 내가 훔치는 데 있어선 대가라는걸? 내가 이래봬도 도둑질의 달인이라고 불리는 몸이란다."

도둑질의 달인? 그 말을 듣자 나는 피식 웃음이 나왔어. 미치지 않고서야 어떻게 이런 이름을 생각해 낼까?

에디는 다리를 바꾸어 다시 삐딱하게 서서는 말했어.

"너도 봤지? 우리가 수영장 화장실에서 어떻게 배관을 찾았는지?"

"당연하지. 내가 어떻게 그 지구상에서 가장 명청한 아이디어를 잊을 수 있겠니?"

"계획이 성공하지 못했어도 우리 둘은 아주 훌륭한 팀이었어. 그렇지 않냐?"

"맞아, 그뿐이냐? 아주 더럽게 훌륭한 팀이었지."

나는 즐겁게 고개를 끄덕였어.

에디는 내 말에 마음이 놓였는지 씩 웃었어.

"좋았어. 만약 네가 야나의 아이폰 찾는 걸 도와준다면, 너희 둘도 분명히 다시 친구가 될 수 있을 거다."

솔직히 말해서, 나는 아이폰은 어떻게 되든 상관없었어. 하지만 에디와 함께 또 완전히 미친 짓을 하게 될 거라는 생각을 하자, 가슴이 조금 두근거렸지.

나는 다만 에디의 그 계획 때문에 또 문제가 발생하지 않기를 바랄 뿐이었어.

"그럼 내가 해야 하는 일은 정확히 뭔데?"

에디는 짐짓 작당 모의라도 하는 듯한 투로 말했어.

"나한테 한 가지 계획이 있는데 말이야. 이름하여 에디-베르거-도둑질의 달인이 만든 슈퍼 플랜이라고 해. 내가 장담하는데, 다 듣고 나면 속이 좀 불편할 거다."

일 분 일 초의 오차도 없이 꼼꼼한 에디의 계획 그리고 그 계획의 일부가 된 나

시간: 12시 55분, 장소: 교실

마지막 수업이 끝나기 15분 전에 에디는 나에게 고개를 끄덕여 보이고, 곧 슈퍼 플랜을 시작하기로 했어. 그전에 에디는 미리 쪽지에다 진행 과정을 적어 주었어. 쪽지엔 각 진행 과정마다 정확한 시간과 장소도 함께 적혀 있었어. 내가 할 일은 마지막 수업 시간이 끝나기 전에 구역질을 하며 토할 것처럼 속이는 것이었어. 에디는 야나와 자리를 바꿔 앉았어. 일이 계획대로 풀리지 않을 경우 나를 돕기 위해서 말이야. 그런데 내 옆자리로 옮겨 온 에디가 수업 시간 내내 나를 짜증 나게 하는 일을 잠시도 멈추지 않는 거야. 내가 조금만 주의를 돌리면 그 틈을 타서 계속 뭔가를 가져갔어. 한 번은 연필을 가져갔다가, 그 다음엔 지우개를 가져가는 식이었지. 결국 긴 자를 두고 소리 없이 티격태격하던 중에, 에디가 갑자기 자를 탁 놓아 버리는 장난을 쳤고, 그 바람에 나는 내 주먹으로 힘껏 내 코를 후려치고 말았어. 그리고 다음 순간, 입술 위로 뭔가가 흘러내리는 느낌이 들었어. 피였어!

나는 깜짝 놀라 에디 쪽을 보았고, 에디는 그 즉시 벌떡 일어서서 큰 소리로 외쳤지.

"카로, 코피 나요!"

나는 한 손으로 코를 누르고, 다른 한 손을 뻗쳐 휴지를 찾았어. 생물 선생님이 잠깐 나에게 눈길을 돌리고 말씀하셨지.

"알았다, 얼른 양호실로 가서 봐 달라고 해. 에디, 카로 좀 데려다 주겠니?"

나는 교실을 나가면서도 야나가 어떻게 하고 있는지 힐끗 보았어. 야나는 턱으로 얼굴을 괴고는 뚫어지게 창밖을 바라보고 있었어. 야나가 에디의 슈퍼 플랜을 들었는지 못 들었는지는 알 수가 없었지.

시간: 12시 56분, 장소: 학교 계단

"대-박! 코피가 구역질보다 훨씬 더 그럴싸하네!"

에디는 기분이 좋아서 큰 소리로 말했어. 행정실로 가는 계단을 오를 때였어. 나는 어찌나 기분이 상했는지 한 마디도 하지 않았지.

"대단하다, 대단해. 너, 진짜 소질 있다."

에디는 신이 나서 계속 지껄였어. 그러곤 웃으며 내 코를 가리켰지.

"여기서 콜라는 안 나오냐?"

그 말에 나는 웃지 않을 수 없었고, 실수로 코로 숨을 쉬는 바람에 손에다 코피를 흘리고 말았어.

"농담이 나오냐, 멍충아! 진짜 위급한 것처럼 보여야 한다며?"

나는 혼내는 말투로 말했어.

"알았어, 내가 망언을 했다."

에디가 시계를 보았어.

"라게 부인은 학교가 끝나기 전에 사무실 정리를 해. 시간에 맞추어 집으로 가서 개를 돌보려고. 조금만 늦어도 녀석이 카펫에 오줌을 싸거든. 그러니까 네가 지금 들어가면 라게 부인에겐 가장 좋지 않은 타이밍인 거고, 부인이 정신없이 서두를 때가 우리에겐 더없이 좋은 기회인 거지."

"그런 건 어디서 다 알아냈니?"

엉뚱한 에디에게 나는 경이로운 마음마저 들었지.

"에디 베르거의 슈퍼 플랜을 벌써 잊었냐? 내가 미리 머리를 좀 썼지. 너는 그냥 내가 말한 거나 잘 따라 해. 그리고 죽을 것처럼 소란스럽게 구는 거, 잊지 마. 안에 들어가서 피범벅에 충격을 받은 것처럼 구는 거야. 그러면 라게 부인이 널 양호실로 데리고 갈 거야. 그 사이에 나는 야나의 아이폰을 가져오는 거고. 알았지?"

시간: 12시 58분, 장소: 행정실 앞

코피는 멈추지 않았어, 다행히. 행정실 앞에서 나는 새 휴지를 꺼내려고 했지만 에디가 내 팔을 잡고 소곤댔지.

"휴지 대지 마, 그냥 뛰어가."

뜨끈한 코피가 입술로 흘러내렸어. 나는 티셔츠에 피가 스며들지 않도록 자동적으로 몸을 앞으로 숙였지. 바닥 위로 후두둑 코피가 떨어졌어. 바닥에 떨어진 피는 작고 빨간 해처럼 퍼졌지. 나는 에디가 손가락을 들어 조심스럽게 내 턱에 대고는, 피를 살짝 펴 바르는 바람에 화들짝 놀라고 말았어. 에디가 만족한 얼굴로 자신의 작품을 찬찬히 살펴보았어.

"완벽해. 이제 진짜 얻어맞은 사람처럼 보인다."

시간: 오후 1시, 장소: 행정실

에디가 행정실 문을 열고 나를 밀어 넣었어.

"라게 부인, 급해요! 얘요, 엄청나게 코피를 쏟아요!"

막 가방을 싸고 있던 백발의 행정실 직원은 마뜩찮은 눈길로 뿔테 안경 너머로 우리를 바라보았어. 나는 부인이 즉각적으로 반응을 보이지 않자, 겁에 질린 듯 두 눈을 쟁반만 하게 뜨고는 코에서 손을 떼었어. 그러자 그 즉시 코피가 입술로 흘러내려 바닥으로 떨어졌다. 부인은 가방을 내려놓고는 갈색 투피스 차림으로 서둘러 책상 앞으로 나왔어.

"휴지를 미리 좀 대고 있지 그랬어?"

부인은 큰 소리로 외치며 곧장 나를 끌고 갔어.

"아이고, 어떻게 학교가 끝나기 바로 직전에 항상 이런 일이 생긴다니!"

시간: 오후 1시 1분, 장소: 행정실

"일단 소파에 좀 누워라."

라게 부인은 그렇게 일러두고는, 구급 약품 캐비닛으로 곧장 달려갔어.

"얼른 가서 거즈라도 가져 오마. 여기 바닥에다 피 칠하지 않도록 신경 좀 써 주렴."

부인이 하얀 거즈를 들고 다시 돌아왔어.

"자, 고개를 앞으로 숙이고, 코를 단단히 눌러 봐라."

이제 어려운 순서가 다가왔어. 계획대로라면, 나는 라게 부인과 충분히 시간을 끌어야 했어. 그래야 에디가 아이폰을 가지고 들키지 않고 사라질 수 있으니까. 나는 즉흥적으로 뭐든 생각해 내야 했어.

"그런데요, 저는 머리를 뒤로 젖혀야 한다고 알고 있었는데요."

나는 부인에게 반론을 제기했지.

"아니야."

부인이 강하게 고개를 저었어.

"다들 잘못 알고 그러는 거란다."

"하지만 저희 엄마는 매번 저에게 고개를 뒤로 젖혀야 한다고 말씀하셨는데요. 그리고 차가운 물수건을 목 뒤에 대고 있어야 한다고 했어요."

"아니, 그러면 절대로 피가 멈추지 않아."

라게 부인은 그렇게 말하고는, 눈에 띄게 초조해하며 황금색 손목시계를 보았어.

"하지만 그때는 차가운 물수건을 대니 효과가 있었어요. 그렇게 하면 코피도 빨리 멈추고요."

나는 고집스럽게 내 의견을 주장했어.

"얘야, 이제 응급 조치 강연은 여기서 끝내야겠구나."

부인이 조그마한 거즈를 내 코에 대고 꾹 누르면서 말했어.

"아야, 부인, 너무 아파요!"

나는 비명을 지르며 소리쳤어.

"곧 끝나."

부인은 조금도 봐 주지 않고 계속 코를 누르면서, 다시 시계로 눈길을 돌렸어. 부인네 강아지는 제 주인이 시간을 시키지 못하는 걸 진짜 못 견디나 봐.

"아, 코가 부러질 것 같아요. 지금 제 코를 부러뜨리시는 거 아니죠?"

나는 징징거리며 말했어.

라게 부인은 전혀 동요하지 않고 그대로 코를 눌렀어.

"제발 조용히 좀 하렴."

이 대목에서 나는 입을 다물고, 에디가 이미 아이폰을 찾았기를 바라는 편이 더 현명한 행동이라고 판단했지.

다음 몇 분 동안 나는 곰곰이 생각해 보았어. 이번 일로 나와 에디가 더 많은 일을 함께 해냈고, 서로 이야기를 나누고 함께 웃는 시간도 많이 생겼다는 생각이 들었어. 여기까지는 좋은 소식이었어. 그리고 나쁜 소식은? 당연히 나쁜 소식의 중심엔 항상 야나가 있었지. 야나가 집에 남아 있으면 수학여행의 분위기가 달라졌을까, 과연?

시간: 오후 1시 20분, 장소: 학교 운동장

운동장엔 에디와 함께 야나가 서 있었어. 야나는 담배를 피며 내가 다가서는 모습을 보고 있었어. 그러나 눈길은 마치 나를 투명인간인 양 없는 사람처럼 대하며 내 너머로 향해 있었지. 진짜 고단수였어, 그렇지 않니? 나는 정말로 코피가 멈추었는지 보려고 코에 대었던 휴지를 떼어 보았어. 나는 둘의 모습에 좀 놀랐어. 벌써 아이폰을 주고도 남을 시간인데 에디가 아직 안 주었나? 줬다면, 왜 야나는 아이폰 자판을 두드리지 않고, 이런 데서 저렇게 따분하게 연기를 뿜고 있는 거지? 에디는 그러거나 말거나 상관하지 않는 것 같은 표정이었어.

"일은 다 잘되었어?"

나는 미심쩍은 마음이 들어 물어보았어.

"날 어떻게 생각하고 그런 말을 하는 거야?"

마침내 에디가 씩 웃으며 바지 주머니에서 가짜 보석이 박힌 분홍색 케이스를 씌운, 그 유명한 아이폰을 꺼냈어.

"상자 안에 휴대전화가 얼마나 많은지 크든 작든 눈에 들어오지 않더라."

그런 다음 에디는 다른 한 손에 조그만 상자를 들고 나에게 내밀었어.

"그리고 하는 김에 이 콘돔도 훔쳤지."

"뭐하러?"

나는 얼굴이 홍당무처럼 빨개지지 않기를 바라며 놀라서 물었어.

에디는 어깨를 으쓱해 보일 뿐 아무 대답도 하지 않고, 반면 야나는 벌어진 입을 다물지 못한 채 그동안 애지중지하던 아이폰을 바라보았어.

"내 아이폰!"

야나는 미칠 듯이 기뻐하며 새된 소리를 질렀어. 그 즉시 담배를 바닥에 던지고 전원 버튼을 눌렀어.

"드디어 내 생명줄을 되찾았구나! 이걸 어디서 찾았니?"

에디는 황당해하며 바닥에 떨어져서도 여전히 빨갛게 불씨가 살아 있는 담배를 바라보았어.

"내가 말했잖아, 이래봬도 내가 머리 하나는 끝내주게 좋다고."

"말도 안 돼! 게다가 배터리도 아직 남아 있어."

야나가 '역시 아이폰이야.'라고 인정한다는 듯 큰 소리로 외쳤어. 에디는 운동화 밑창으로 담뱃불을 껐어.

"하지만 카로가 없었으면 찾을 수 없었을 거야."

야나는 미심쩍은 눈으로 나를 보았어.

"그래도 에디 머리에서 나온 생각이었지."

나는 일부러 에디가 했다는 걸 강조했지. 에디는 못 이기는 척하며 인정했어.

"그 말은 맞다. 그래도 너의 독창적인 코피 덕분에 우리가 기회를 잡을 수 있었지."

야나는 놀라며 나를 훑어보았어.

"카로, 네가 그렇게 했다니 도무지 믿기지 않는다, 얘."

야나는 온라인 접속을 한 다음 재빨리 자판을 두드렸어. 나는 뜻하지 않게 내용을 읽게 되었지.

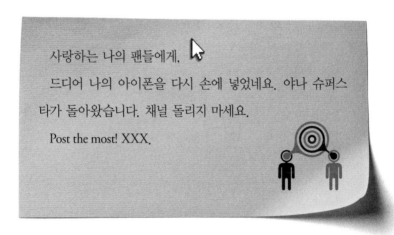

사랑하는 나의 팬들에게,

드디어 나의 아이폰을 다시 손에 넣었네요. 야나 슈퍼스타가 돌아왔습니다. 채널 돌리지 마세요.

Post the most! XXX.

내용을 다 쓰고 나자 야나는 보내기 버튼을 눌렀어.

"그럼 생물 시간에 코피가 난 건 미리 계획하고 일부러 그런 거니?"

"음, 일부러 그랬다고 말하긴 힘들고."

나는 그렇게 대꾸한 다음 뿌듯해하며 야나를 바라보았어.

"베르거-도둑질 달인의 슈퍼 플랜 덕분이지."

에디와 나는 즐겁게 웃었어.

"우린 완벽한 팀이야."

에디가 빙그레 웃으며 말했어.

"그것도 최고로 완벽한 팀!"

나는 확인하듯 말하고는 미소를 지었어. 의심할 여지가 없었지, 에디가 나를 좋아한다는걸.

야나는 나와 에디를 번갈아가며 보았어. 그러고는 핸드백을 열고 에디의 아이팟을 꺼냈어.

"자, 이제 이건 더 이상 필요하지 않네."

갑자기 에디의 얼굴이 굳어 버렸어. 아이팟의 전체 화면에 잘게 금이 가 있었거든.

"뭐야, 너? 이거 떨어뜨리기라도 한 거니?"

"난 아무 짓도 안했어. 어느 날 보니까 그렇게 금이 가 있더라."

야나는 자기 잘못이 아니라는 듯 건조한 말투로 말했어. 에디는 믿기지 않는지 연신 고개를 저었지.

"너무 그러지 마라, 얘. 화면만 그렇게 된 거잖아. 새로 산 것이라면 아직 품질 보증 기간이어서 액정화면은 무료로 교환해 줄 거야. 그러지 말고 어떻게 내 아이폰을 찾아냈는지 그 이야기나 좀 들려주라."

야나는 기분이 좋아서 큰 소리로 말했어. 이제 에디가 아무 말도 하지 않고, 넋이 나간 사람처럼 망가진 기기만 바라보고 있었기 때문에 나는 짧게 라게 부인을 찾아갔던 우리의 무용담을 들려주었어.

"너, 그거 동영상으로 담았니?"

야나가 물었어.

나는 이마를 찌푸리며 말했어.

"아니. 그땐 그렇게 할 수가 없었어."

"내가 너한테 간단하면서도 효과만점인 요령 한 가지 알려 줄게. 다음 번엔 카메라를 껐다 켰다 하지 말고 그냥 켜 둬. 소리가 같이 녹음되기도 하지만, 그래도 엄청난 포인트를 가져다주거든."

이제 야나는 나와 다시 이야기했고, 게다가 효과 만점인 힌트까지 알려 주었지.

"그럼 이제 우리 다시 친구하는 거다?"

나는 기대하며 물었어.

야나의 얼굴에서 웃음기가 싹 가셨어. 그러곤 단호한 말투로 '완전히는 아니야.'라고 말했어.

"왜? 카로가 도와주지 않았으면 너는 그 빌어먹을 네 아이폰을 지금까지도 되찾지 못했을 거야."

에디가 큰 소리로 외치고는 갑자기 불같이 화를 냈어.

"그랬지. 하지만 아쉽게도 내 성에 차지 않아서……."

야나는 에디의 말을 한편으로는 인정하면서도 쌀쌀맞게 말했어. 나는 기분이 나빠졌어. 야나는 단 한 번도 우리에게 고맙다는 말을 한 적이 없더라고.

"그럼 너는 내가 뭘 해야 다시 친구가 될 수 있다고 생각하는데?"

"그걸 내가 어떻게 아니? 나에게 깊은 인상을 줘 봐! 날 감동시켜 보라고!"

야나는 오히려 큰 소리를 쳤지.

미스터 다크서클

파리로 떠나는 수학여행 기간은 사흘이었어. 정확히 말하자면 버스에서의 2박 더하기 1일이었지. 네가 무슨 말을 할지 알겠어. 그렇게 짧으면 안 가느니만 못하다고 말하려는 거지?

맞는 말이야. 하지만 우리가 대체 뭘 어쩌겠니?

우리 반이 외국으로 여행할 수 있게 된 건 자비네 올트호프 선생님이 학교 측의 엄청난 반대에도 굴하지 않고 그 일을 관철시켰기 때문이야. 클라아젠 교장 선생님은 처음부터 해외 여행에 반대했고, 마지막엔 여행 전체 일정이 경비 문제에 부딪혀 없던 일이 될 뻔했지. 그래서 우리는 미술 시간에 경비를 절약할 수 있는 창조적인 생각을 떠올리기 위해 머리를 맞댈 수밖에 없었고, 여행을 완전히 포기하거나 적어도 예정했던 여행은 가되 비싼 호텔에 투숙하지 않는 것, 이 두

가지 가능성을 두고 민주적인 투표로 최종 결정을 내리기로 했어.

"내 생각이 궁금할까 봐 하는 말인데, 나는 이 여행이 바보짓이라고 봐."

야나는 반 전체 아이들이 보는 앞에서 잘라 말했어. 그런데 하필 평소엔 그렇게 냉철하던 이보가 그 말을 듣자마자 무섭게 화를 냈어.

이보: 넌 왜 끼어드는데? 어차피 가지도 못하잖아!

야나: 나도 내가 무슨 말을 하는지 알거든. 세계적인 도시 파리는 하루 만에 다녀오기엔 커도 너무 크지. 그러니까 내가 너희들이라면, 이틀 간 답답한 버스에 갇혀 있으니 차라리 여기에 남아 있을 거다.

이보: 너 말이야, 온라인뿐 아니라 실제 생활에서도 무엇인가 체험하고 실천하려는 사람들이 많다는 생각, 한 번이라도 해 본 적 있니?

야나: 그럼 가시든지. 결정은 너희들이 하는 거니까. 나는 단지 가지 않는 게 좋다고 생각했을 뿐이야.

이보: 어쨌든 내가 수학여행을 가는 이유는 딱 하나, 너와 너의 그 멍청한 아이폰의 눈길에서 벗어날 수 있기 때문이야. 드디어 나도 숨좀 쉬며 거리낌 없이 머리를 긁적여도 되는 거지. 네 아이폰 때문에 곧바로 온라인에 게시되지는 않을까 두려워할 필요 없이 말이야.

야나: 아, 너희들 좋을 대로 해!

이보: 우리도 그럴 거야! 그럼 온라인 퀸은 빼놓고 투표해도 되는 거지?

야나를 뺀 반 아이들 모두 파리 여행에 대해 찬성표를 던졌어. 그러고 난 후, 일요일 오후에 우리는 학교 주차장에 있는 녹청색 버스에 몸을 실었어. 버스 앞에선 자비네 올트호프 선생님과 아르히발트 선생님 그리고 불어 선생님인 슈베르트페거 선생님이 나란히 서서 드문드문 나타나는 지각생들을 기다리고 계셨지. 또 어린 동생들을 데리고 온 어머니들, 카메라를 든 아버지들이 이리저리 왔다 갔다 하며 차가 완전히 출발할 때까지 기다리고 있었어. 다행히 나는 배웅하려는 엄마 아빠를 간신히 말린 덕분에 창피한 작별 장면은 연출하지 않아도 되었지.

버스 안은 활기가 가득했어. 모두들 흥분해서 이리저리 뛰어다니거나 의자 위에 올라타거나 했지. 대부분의 아이들이 그렇듯 나도 맨 뒤에 앉고 싶었지만, 어쩔 수 없이 앞자리에 있을 수밖에 없었어. 버스만 타면 나는 속이 좋지 않았거든. 내 옆자리엔 아무도 앉지 않았어.

그렇게 된 건 내 탓이 컸던 것 같아. 나에게 뭐든 시키길 좋아하면서 언제나 자신을 드러내야 직성이 풀리는 야나라는 사람 없이, 에디와 나란히 앉아서 여행 내내 함께 시간을 보낼 수 있으리라 기대했거든. 내심 에디와 나란히 앉아서 온갖 잡다한 이야기를 나누는 모습, 그러다 그 애 어깨에 머리를 기대어 행복하게 잠이 드는 모습을 상상했어. 하지만 내가 왜 그런 낭만적인 장면을 상상하게 되었는지는 모르겠더라. 아, 맞다. 사실 그 애와 친해져서 그 애의 빨간 야구 모

112

자를 써 보는 그런 장면도 상상했었어. 그래서 나는 기대감에 가득 차서 에디에게 내 옆자리에 앉으라고 제안했지. 그런데 막상 버스가 도착하자, 에디는 나의 제안을 거절하면서 말했어.

"안 되겠다. 이보랑 '반지의 제왕' 보려고 아이팟을 챙겨 왔거든. 726분짜리 초대형 버전인데, 이보가 아직 그걸 못 봤대."

"그거 벌써 고쳤어?"

나는 실망한 기색을 보이지 않으려고 애를 썼어.

"아니. 떨어뜨려서 액정이 깨졌을 땐 보상 혜택이 없대. 하지만 괜찮아."

"영화 끝날 때까지 배터리가 다 닳지 않기를 바란다."

나는 맥없이 중얼거렸어.

"걱정 마. 이 더러운 에디가 만반의 준비를 해 왔으니까."

에디는 조그마한 검정색 상자를 들어 올렸어.

"이거면 되겠지? 자, 미스터 여유분 배터리, 이것만 있으면 여기서 아프리카까지 가도 끄떡없을걸."

후유, 그래서 내 옆자리는 비게 되었지. 다른 아이들과 달리 나는 혼자라 팔다리를 쭉 뻗거나, 심지어 누울 수도 있었지만, 갑자기 너무 외로운 느낌이 들었어. 사실 이런 느낌이 든 데는 그럴 만한 이유가 있었지. 그동안 야나는 우리 반 아이들을 전부 '온 쇼'에 올렸어. 대부분 다소 민망하고 창피한 모습들이었지. 그래서 야나는 거의 모든 아이들에게 미움을 샀어. 버스를 탄 아이들은 모두 야나와 내가 가장 친한 친구라는 걸, 적어도 얼마 전까지는 그랬다는 걸 다 알고 있었고. 그래서인지, 버스를 타고 가는 내내 내가 야나 때문에 우리 반 아이들과 얼마나 떨어져 지냈는지 알 수 있더라고. 물론 에디는 제외하고.

하지만 에디는 야나가 곁에 없자 전에 친하게 지내던 남자애들의 무리 속에 다시 섞여 놀았어. 나는 어디에 끼어야 하지? 나는 이보 때문에 여행 내내 에디 없이 혼자 앉아서 가는 일이 벌어지지 않기를 바라는 수밖에 없었지. 그런데 하필 이보가 늦도록 안 오지 뭐니!

우리는 30분이 넘도록 이보를 기다렸고, 그 사이 나는 차츰 에디와 앉게 되기를 진짜로 바라게 되었어. 그때였어. 이보가 피곤에 절은 모습으로 땀에 흠뻑 젖은 축구 유니폼을 입고 뛰어왔어. 이보는 완전히 녹초가 된 것 같았어. 머리카락은 땀 때문에 이마에 달라붙었고, 얼굴은 창백하기 짝이 없었지.

"진짜 죄송해요. 오늘 결승전을 치렀는데, 연장전으로도 끝이 나지 않아서 승부차기까지 했어요."

이보는 숨도 고르지 못하고 아르히발트 선생님께 사과했어.

"잠깐만 주목하고 잘 들어요."

버스가 고속도로에 들어섰을 때, 아르히발트 선생님이 힘없는 목소리로 마이크에 대고 말씀하셨어.

"10시까지는 잡담하고 떠들어도 괜찮아요. 하지만 10시 이후엔 버스의 불을 끕니다."

자비네 올트호프 선생님이 담임 선생님에게 소곤거리며 무슨 말인가를 했고, 선생님은 자비네 선생님을 보며 고개를 끄덕였어. 그러곤 뒤이어 심각한 표정으로 말씀하셨어.

"아, 그리고 한 가지 더 여러분이 기억해야 할 중요한 공지 사항이 있어요. 선생님이 항상 여러분에게 부탁했던 건데, 서로 창피한 모습을 찍어서 '온 쇼'에 게시하는 건 삼가세요. 여러분도 알다시피 최근 그런 일들로 이미 물의를 빚을 만큼 빚었다고 생각해요. 여러분 중에 우리가 휴대전화를 거두어들이는 걸 원하는 사람은 한 명도 없겠지요?"

출발한 지 30분이 지나자 버스 안은 벌써 난리였지. 카드놀이를 하는 아이들이 있는가 하면, 양말을 공처럼 뭉쳐 여기저기에 던지며 마구 떠들어대는 아이들도 있었어. 그 부산한 분위기를 뚫고 라디오는 저 혼자 스피커에 대고 왕왕거리며 소리를 질러댔지. 나는 에디가 뭘 하는지 잠깐 보려고 살금살금 뒤쪽으로 가 보았어.

말이 무슨 소용이 있을까, 나는 그냥 바지 주머니에서 카메라를 꺼내 사진을 찍을 수밖에 없었어. 이보는 액정이 갈라진 에디의 아이팟을 보물처럼 양손으로 잡고 있었는데, 그때까지도 유니폼을 갈아입지 않아 지저분하고 땀에 젖고 떡 진 모습이었지. 에디는 그런 건 아랑곳하지 않는 것 같았어. 에디와 다른 몇 명의 남자애들도 넋을 잃고 화면에서 눈을 떼지 못한 채 강아지 떼처럼 이보에게 들러붙어 있었어. 사진들은 만족스러웠고, 나는 다시 내 자리로 돌아와 재킷을 덮고 잠깐 눈을 붙였어. 하지만 그것도 잠시, 이리저리 날아다니던 양말 뭉치에 거칠게 얼굴을 맞았지.

동틀 무렵에 우리는 벨기에의 한 휴게소에 정차했어. 아르히발트 선생님은 다리 운동 삼아 잠시 걸으셨고, 나는 자비네 선생님과 다른 아이들 몇 명과 함께 화장실에 들렀어. 버스로 돌아온 다음, 나는 반 친구들이 잠자는 모습을 살펴보았어. 대부분의 아이들이 몸을 우스꽝스럽게 비틀며 자고 있었는데, 한 아이는 코도 곯았어. 하지만 버스 맨 뒷줄에선 여전히 작은 불빛이 깜빡이고 있었어.

다른 아이들은 점점 졸음을 이기지 못하고 잠이 드는데, 에디와 이보는 흥미진진한 얼굴로 여전히 반지의 제왕을 보고 있었어. 에디의 발 쪽을 보니 찌그러진 에너지드링크 캔이 수북하게 쌓여 있었어. 나는 다시 내 자리로 돌아왔지만, 그때부터 더 이상 잠이 오지 않았어.

8시경에 버스는 콩코드광장 근처에 멈춰 섰어. 버스에 장착된 커피 기계가 꾸룩꾸룩 소리를 내더니, 구식 증기 기관차처럼 칙칙 김빠지는 소리를 냈어. 커피와 달걀 그리고 살라미 소시지가 한데 섞인 냄새가 차 안을 가득 채우고 있었지. 불필요한 경비를 지출하지 않으려고 모두들 아침 도시락을 가져갔거든. 몇몇 아이들은 아침 햇살을 받으며 도시락을 들고 분수대 가장자리로 가서 앉았어. 이보는 기분 좋은 날씨인데도 시체처럼 창백한 얼굴에 눈가엔 세상에서 가장 짙은 다크서클을 드리운 채 유니폼 위에 긴팔 체육복을 입고 있었어. 에디 역시 그다지 정신이 맑아 보이지 않았어. 아니나 다를까, 에디는 막

에너지 드링크를 입에 털어 넣고 이보에게 한 모금 마시라고 했어. 하지만 이보는 거절했지.

"영화는 다 봤니?"

나는 상냥하게 물어보았어.

이보가 어찌나 심각하게 이맛살을 찌푸리는지, 나도 야나처럼 이보의 친구 차단 목록에 들어가 있는 게 아닐까 하는 생각마저 들었지. 하지만 이내 이보는 가슴을 크게 펴고 하품을 했어. 그러곤 이렇게 물었어.

"뭘 다 봐?"

"반지의 제왕."

내가 대답했어.

내 대답에 이보는 마치 내가 스웨덴어로 대답한 것처럼 어리둥절한 얼굴로 나를 빤히 바라보았어. 피곤한지 거의 눈을 뜨지 못했지.

"다 봤지. 그것도 엑스트라 버전까지 전부."

에디가 말하면서 모자를 뒤로 밀쳤어. 이어서 큰 소리로 하품을 했는데, 동시에 에너지 드링크 트림이 큰 소리로 나오고 말았지. 광장에 있던 몇몇 행인들이 나무라듯 뒤를 돌아보았고, 에디는 그 모습을 보고 아주 흡족해했지.

나중에 루브르 박물관에 갔을 때 에디와 이보는 피로에 지친 좀비처럼 이 홀 저 홀을 터덜터덜 걸으며 옮겨 다녔지. 둘 다 예술 작품에는 거의 관심이 없는 것 같았어. 나는 다른 여자아이들 사이에 끼려고 했지만 내가 끼려고 하면, 그 즉시 모두들 다른 방향으로 뿔뿔이 흩어졌어. 그래서 나는 다시 에디와 이보에게 합류했어. 사실 그렇게 하는 게 좋았어. 안 그랬으면 나는 좁고 미로처럼 꼬불거리는 방들 중 어딘가에서 선생님의 설명을 듣지 못하고 벤치에 누워 잠이 들었을지도 몰라. 우리 일행이 계속 뒤처졌기 때문에 자비네 선생님이 전시된 작품들을 일일이 설명해 주시는 내용을 들을 수 없었거든.

두 아이는 끝없이 이어지는 오전 일정 내내 거의 사투를 벌이듯 괴로워했어.

프로그램 일정을 보니까 짧은 휴식 후 에펠탑을 방문하기로 되어 있었어. 에디는 아르히발트 선생님께 에펠탑 방문 시간 동안 이보와 함께 버스에서 기다리면 안 되는지 여쭤 보았지. 하지만 선생님은 단호하게 이렇게 말씀하셨어.

"함께하기로 했으면 끝까지 함께하는 거야."

피자 가게에 들어와서야 에디와 이보는 마침내 자리에 앉을 수 있었어. 이 이른 저녁 식사가 우리가 여행에서 누린 유일한 사치였지. 물론 피자 가게는 허물어질 듯 낡은 것이 컴컴한 종류석 동굴을 떠올리게 했지만. 가게 안에선 차가운 기름 냄새가 풍겼고, 선반 위엔 엄청나게 많은 빈 포도주 병과 맥주병, 더러운 컵들이 놓여 있었는데 전날 저녁에 먹은 걸 그때까지도 치우지 않은 모양이었어. 얼룩진 테이블도 입맛을 돋우는 것과는 완전히 거리가 멀었고. 어쨌든 나는 선반 바로 근처에 있는 에디의 옆자리가 빈 것이 보여 그곳에 자리를 잡았지. 에디는 볼품없는 라자냐를 게걸스럽게 흡입했어. 내 마르게리타 피자도 뭐 더 나아 보이진 않았지. 원반보다 작은 크기에, 완전히 흐물흐물한 데다 얼마나 맛이 없는지 차라리 피자 상자를 뜯어 먹는 게 더 나을 것 같았어. 이런 쓰레기를 17유로나 받다니 부끄럽지도 않나 하는 생각에 막 화를 내려는데, 가게 반대편 끝에 선생님들과 한 식탁에 앉아 있던 아이가 실수로 콜라를 엎지르고 말았어. 콜라는 사방으로 쏟아지며 식탁 모서리로 흘러내렸어. 선생님과 학생들 모두 자리에서 벌떡 일어났지.

그때였어. 에디가 나를 툭툭 치며 이보를 가리켰어. 이보가 맞은편 벤치에 쓰러지다시피 주저앉아서 자고 있었어. 고개를 앞으로 숙이고, 입을 벌린 채 아주 곤하게 자고 있었지. 에디는 갑자기 언제 피곤했느냐는 듯 신이 나서 아이팟을 꺼내 들고 사진을 찍으려고 했어.

"젠장. 반지의 제왕 때문에 배터리가 다 닳아 버렸잖아."

에디가 거칠게 말했어.

"나한테 카메라가 있어."

나는 배낭을 뒤지면서 선생님들을 보았어. 선생님들은 여전히 콜라를 닦느라 정신이 없어 보였지.

"그런데 잠깐, 뭔가 빠진 게 있어."

에디가 인상을 찌푸리며 말했어.

"뭔데?"

"일종의 조연이라고 해 두지."

나는 선반을 넘겨다보며 자리에서 일어났어. 그러곤 가능한 들키지 않게 조심하며 빈 포도주 병과 맥주병 몇 개를 이보의 앞쪽에 세워 두었어. 에디는 열광하며 나를 도와주었지. 우리는 곧 스무 개의 병과 잔을 모았어. 그런 다음 이어서 엄청나게 많은 사진을 찍었어. 이보 혼자 병들을 앞에 두고 있는 모습을 찍었다가, 반 친구 중 하나가 이보를 가리키는 모습을 찍기도 했지. 에디와 나는 시간이 지나면서 더 대담해졌어. 나는 설거지를 하지 않은 포도주 잔에 콜라를 채워 이보 손에 쥐어 주었어. 그런 다음 그 손을 탁자 위에 두었는데 이보는 여전히 세상 모르고 자고 있었어. 나는 간신히 웃음을 참았고 에디도 재미있어 했지. 그러다 갑자기 에디가 물었어.

"너, 립스틱 있니?"

"립스틱은 어디에 쓰려고?"

나는 놀라서 물었어.

"립스틱이 있으면 이보의 이마에 인사말을 쓸 수 있잖아."

에디는 입꼬리가 귀에 걸리도록 히죽 웃었어.

"기다려 봐, 내 배낭 속에 아마 매직펜이 있을 거야."

내가 말했어.

너희들을 따르는 사람들은 편을 들고,
너희들에 대해 불평하는 사람들에겐 맞서!

자, 지금 하게 될 얘기는 정말 하고 싶지 않았던 이야기야. 네가 있어서 정말 기뻐. 모든 걸 털어놓고 마음의 짐을 벗는 건 정말 좋은 일인 것 같아. 마음을 짓누르는 이 일을 너무 오랫동안 끌고 다녔거든. 한동안은 나 혼자서도 그 무게를 잘 소화해 낼 수 있다고 생각했어. 하지만 그건 큰 오해였어. 스스로를 괴롭히며 잠 못 드는 밤이 얼마나 많았던지……. 지금도 가끔씩 그럴 때가 있지. 이 이야기는 그때, 수학여행 직후에 시작되었어.

나는 몇 번이고 같은 질문을 곱씹어 보곤 했어. 혹시 내가 코르프바일러 선생님을 신경쇠약에 걸리게 만든 잘못을 인정하는 것에 비해 훨씬 더 큰 죄책감을 느끼고, 또 그 무게를 감당하려는 건 아닐까? 나는 나뿐만 아니라, 에디의 이름으로도 직접 손 글씨를 쓰고 꽃 그림까지 그린 사과 편지를 만들어 선생님께 보냈어. 하지만 단 한 번도 답장을 받지 못했지. 그리고 그 일이 있은 뒤, 학교에서 선생님의 모습은 더 이상 볼 수 없었고.

아니면 아르히발트 선생님의 부인과 젊은 청년의 사건은?

나는 모든 수단을 동원해서 야나가 그 동영상을 게시하지 못하게 하려고 했어. 하지만 이미 그 잘못된 동영상은 공개되어 버렸고, 결국에는 나도 그 책임이 있었지. 결론적으로 보면 우리 셋 다 누군가의 엄청 창피한 장면을 영상에 담으려는 확고한 의도를 갖고 그곳에 간 거니까.

그때 당시 얼마나 겁이 났는지, 심할 때면 종종 엄마 아빠가 나를 쫓아내는 모습을 상상할 때도 있었어. 나는 비행 청소년으로 낙인 찍혀 수용된 내 모습도 그려 보곤 했어. 너는 보호시설 운운하는 내가 지나치게 엄살을 부린다고 생각할지도 몰라. 그럴 수 있어. 나도 인정해. 하지만 이 말만은 믿어도 좋아. 밤 12시가 한참 지나고도 걱정, 근심 때문에 잠을 이루지 못할 때면 이미 이성은 달아나 버린 지 오래이고, 평소에 공포를 느끼던 끔찍하기 짝이 없는 장면들이 호러영화처럼 눈앞에 펼쳐진다는 것, 그것도 실제보다 더 실제인 것처럼 말이야.

네가 뭘 궁금해하는지 알아. 그럼 그 시기에 내가 마음을 털어놓을 만한 사람이 정말 없었냐고? 야나는 깊이 생각한다거나 양심의 가책 같은 걸 느낄 아이가 아니었어. 그리고 에디는 친절한 친구이긴 하지만, 덩치만 컸지 어린아이 같았고. 게다가 야나한테 반한 터라 더더욱 속마음을 털어놓기 힘들었지. 맞아, 엄마랑 이야기할 수도 있었겠지. 하지만 수영장에서 돌아온 날 저녁 이후로 엄마와 나는 서먹한 사이가 되었어. 아빠에게라도 털어놓고 상의할 수 있었을 텐데, 어쩌다 보니 거기까지는 미처 생각하지 못했지. 소용돌이치며 휩쓸려 가는 사건의 중심에 서 있으면, 저절로 그 소용돌이에 휩쓸려 갈 때가 많지. 거기엔 차분하게 정신을 차리고 실상을 똑바로 보게 해 줄 정지 버튼도, 브레이크도 없어. 처음엔 소용돌이 속에 있어도 도움이 필요하다는 걸 느끼지 못해. 그러나 어느 순간 벽에 부딪히게 되어 빠져나갈 구멍을 찾아보지만, 출구는 보이지 않고 더 이상 어떻게 해야 할지 모르는 순간이 오지. 우리 반 수학여행 이후의 나처럼.

'온 쇼'에서 큰 성공을 거둔 나

결국 야나와 싸웠던 일은 이제 지나간 일이 되었어. 야나는 아무 일도 없었다는 듯 평소와 다름없이 나와 다시 말하기 시작했고, 심지어 방과후엔 아이스크림 카페 '오 솔레 미오*'에서 아이스크림을 사 주겠다고도 했지.

에디를 빼고 우리끼리만 간 아이스크림 가게에서 나는 메뉴판에 있는 것 중 가장 비싼 아이스크림을 골랐어. 그전에 야나가 나에게

---

*'오, 나의 태양'이라는 이태리어.

기분 나쁘게 대했던 행동들에 대해 복수하려고 말이야. '엘도라도 컵-아이스'라고, 아이스크림 일곱 덩어리, 작은 우산 장식 일곱 개, 초코와 캐러멜 시럽, 땅콩, 호두 등의 황금색 견과류를 으스러뜨려 뿌린 고명 그리고 타닥거리는 불꽃이 이는 폭죽도 함께 꽂혀 나오는 아이스크림이었어.

하지만 야나는 아무것도 주문하지 않았어. 숟가락 한 개만 더 달라고 했지.

"자, 어서 말해 봐, 카로! 수학여행에서 있었던 일이랑 네가 찍은 천재적인 사진들에 관해서 하나도 빠짐없이 전부."

유감이지만 인정해야겠다, 내가 그 순간을 완전히 즐겼다는 걸. 나는 반지의 제왕에 관한 이야기를 해 주었고, 피곤해서 죽을 지경이었던 남자애들을 소재로 우스갯소리를 하고, 피자 가게의 모든 것을 하나하나 상세하게 묘사하면서 극적인 맛을 더하려고 군데군데 양념을 치듯 과장해서 이야기를 들려주었어. 내가 이야기를 들려주는 내내 야나는 고개만 끄덕였을 뿐 단 한 번도 내 말을 중단시키지 않았어.

"파리에서 돌아온 뒤 난 잠시도 기다릴 수 없었어. 이보의 사진들이 카메라에 담아 두고 곰팡이가 슬게 하기엔 정말 웃겨도 너무 웃겼거든."

나는 과장해서 부풀려 말했지.

야나가 나에게 바싹 붙으며 말했어.

"카로, 네가 정말 해냈구나."

그러곤 인정한다는 듯 내 어깨에 손을 얹었어.

"나, 감동 받았다. 누군가 한 번 그 볼품없는 허풍선이 녀석의 버릇을 고쳐 줘야 한다고 생각했는데 타이밍도 딱 좋았어."

"그러게. 그런데 어제, 오늘 학교에서 이보가 보이지 않네."

나는 체리 아이스크림을 먹으며 말했어.

"에이, 뭐야! 깊이 생각할 것 없어. 네가 들려준 대로 피자 가게에서처럼 이번에도 틀림없이 늘어지게 자고 있을 거야."

야나가 손사레를 쳤어.

"하지만 '온 쇼'에 올린 사진 때문에 결석한 거라면?"

나는 확신이 서지 않는 투로 물었어.

"그렇게 놀란 토끼처럼 굴지 좀 마, 카로. 더군다나 기대 이상으로 엄청난 포인트를 끌어들이고 있는데."

물론 그 말은 맞았어. 나는 스무 장의 사진을 하나의 사진첩으로 모아서 올렸고, 정말 기쁘게도, 예전에 베스트 순위에 들었던 이후로 오랜만에 베스트 순위 안에 다시 들게 되었어. 그뿐 아니라 순위는 계속 올라갔고.

"놀랄 일도 아니지."

야나는 디저트용 긴 숟가락을 만지작거리며 그 이유를 설명했지.

"내가 네 사진들을 셀 수 없이 공유했고, 모두에게 날 따라 하라고 신청했거든. 야나 슈퍼스타의 팬들이라면 정말로 기대해 볼 만하지. 그래서 결국 우리 둘 다 득을 보게 된 거고. 게다가 운이 좋으려니,

너랑 나랑 초대도 받게 되었잖아."

"초대라니, 무슨 초대?"

야나가 이해를 못 하겠다는 듯 고개를 절레절레 흔들었어.

"네가 사흘 간 떠나 있더니 온라인 접속을 게을리 했나 보구나. 파리가 어디 달나라에 있는 것도 아니고, 응?"

나는 검지로 장난삼아 야나의 팔뚝을 찔렀어.

"이제 고문 좀 그만해."

"어디 귀하신 몸에 앞발을 갖다 대니? 치워!"

야나는 씩씩거리며 내 손을 때렸어.

"나, 한 군데라도 멍들면 안 된단 말이야. 내일 레니를 만날 거거든. 유명한 사진작가인데 나를 아주 크게 키워 주려고 해. 나는 앞으로……."

"대체 무슨 초대냐니까?"

나는 시큰둥한 표정으로 야나의 말을 자르고 손가락을 문질렀어.

야나가 의미심장한 표정으로 숟가락을 들어 올렸어.

"그럼 알려 주지. 일정 포인트 이상 받은 사람은 '온 쇼'에서 캐스팅 버스에 초대한대. 이틀 전에 공지한 거야."

"캐스팅 버스라고? 그럼 초대받은 사람들이 베를린으로 간다는 말이야?"

나는 흥분해서 물었어.

"버스가 각 도시로 온대. 하지만 일단 기준에 맞는 높은 포인트를

126

받은 사람이라야 거기 들어갈 자격이 있어."

"그, 그런 다음엔?"

"얘, 얘! 그러고 난 다음엔 회원들이 투표할 수 있도록 너와 나를 두고 시험 촬영을 하겠지. 그것 말고 뭘 하겠니?"

야나는 사람을 무시하는 특유의 말투로 설명해 주었지. 그러곤 재빨리 내 아이스크림을 몇 숟가락 먹으며 맛을 음미했어.

"하지만 그전에 우선 너한테 화장하는 법부터 가르쳐 줘야 할 것 같다."

"내 화장이 뭐가 어때서?"

나는 펄쩍 뛰었어. 어쨌든 요즘 들어 규칙적으로 마스카라를 하고 립글로스를 바를 때도 있었거든. 튀지 않고 청순해 보이는 화장이었지.

"너, 그거 아니? 카메라 앞에 설 땐 무조건 화장품을 많이 발라야 해. 친한 사람 중에 피부 미용사로 일하는 아주 훌륭한 사람이 있는데, 나한테 몇 가지 화장 기술을 보여 준 적이 있어."

"나도 그 사람에게 가서 배우면 되지 않아?"

야나는 단칼에 거절하며 말했어.

"내 말 기분 나쁘게 듣지 마. 가격대가 네가 감당할 수 있는 급이 아니야."

나는 잠자코 아이스크림만 꾸역꾸역 밀어 넣었어. 그 맛있던 아이스크림 맛이 순식간에 달아나 버렸지.

야나는 계속 이야기했어.

"그 외에 또 부랑자 동영상으로 유명한 토니 로가 퇴출된 뒤로 우리가 승리할 수 있는 기회도 굉장히 많아졌어. 토니 로가 물에 빠져 죽어 가는 사람을 찍은 동영상을 게시했었거든. 그게 진짜인지 가짜인지는 아무도 몰라. 어쨌든 지금 그 사람은 물에 빠진 사람을 그냥 보고만 있었다는 것 때문에 굉장히 곤란해진 상황이고 '온 쇼' 측에선 그 사람 포인트를 전부 박탈하고 계정까지 삭제해 버렸어."

야나는 미소를 지으며 손에 든 숟가락을 시계추처럼 이리저리 흔들었어. 그리고 말했지.

"그 사람한테는 나쁜 일, 우리한테는 좋은 일이지."

그 말을 하면서 야나는 아이스크림을 자기 쪽으로 끌었어.

"내 눈이 이상한가?"

갑자기 야나가 두 눈을 깜빡이며 믿을 수 없다는 듯이 말했어.

"내가 착각하는 걸까? 아님, 저기 길 건너편에서 우리를 보고 있는 게 정말 에디인 걸까?"

에디였어.

바로 그 순간, 에디가 길을 건너 우리 쪽으로 오고 있었거든.

"아마 우리를 뒤따라왔나 봐."

나는 중얼거렸어.

에디는 아무 말도 하지 않고 우리가 앉은 곳으로 걸어왔어. 그러곤 빨간 야구 모자를 살짝 들어 올려 인사를 대신했는데, 기분이 좋지 않아 보였어. 혹시 우리가 자기만 빼 놓고 와서 그런가?

"안녕, 강아지! 너, 또 내 뒤를 졸졸 따라다니는 거니? 멍멍."

야나가 에디를 놀리며 말했어. 하지만 에디는 야나 쪽을 거들떠보지도 않았어.

"있잖아, 카로. 이보에 관한 얘기 들었어?"

내 인생에 큰 성공은 없다 - 1부

다음 날에도 이보는 학교에 오지 않았어. 이보의 부모님은 서면으로 이보의 자퇴를 알려 왔고, 우리 엄마 아빠는 야나와 내가 아이스크림 가게에 갔다 온 직후, 교장 선생님이 보내신 한 통의 편지를 받았어. 교장 선생님이 나에게 무기정학을 내리셨다는 내용이었어. 그뿐 아니라 편지를 받은 다음 날 학교에 꼭 나오시라는 당부도 있었지. 물론 나도 함께 가야 했고.

이 편지 때문에 우리 집에선 드라마 한 편을 찍었어. 이렇게 말이야.

엄마: (큰 소리로 비명을 지른다.)

아빠: (더 큰 소리로 협박한다.)

나: (훨씬 더 큰 소리로 울부짖는다.)

너한테 일일이 설명하는 건 생략할게. 다만 각자가 각자의 방식으로 당황하고 혼란스러워했다는 것만 말해 둘게. 내가 무슨 말을 해야 할지 모를수록 엄마 아빠는 그만큼 더 노여워했고, 그럴수록 나는 그만큼 더 서럽게 울 수밖에 없었어. 진짜로 악순환이란 게 이런 거구나 싶더라.

결국 엄마 아빠는 나에게 TV와 인터넷을 엄격히 금지시켰고, 내 컴퓨터와 휴대전화기, 새 카메라도 모두 압수했어. 저녁 식사 시간엔 차가운 침묵이 흘렀고, 나중에 나는 뜬눈으로 침대에 누워 있었어. 잠을 잔다는 건 생각조차 할 수 없었지. 얼마나 크게 충격을 받았는지 '온 쇼'에서 거둔 헤아릴 수 없이 엄청난 내 포인트마저도 어떻게 되든 상관없을 정도였어. 그리고 어렵게 회복한 야나와의 우정도 전혀 위로가 되지 않았지. 내가 사진을 올린 바로 그 행동이 이보를 우리 학교에서 몰아냈어! 물론 에디도 동참했지만, 결론적으로 다 내가 벌인 일들이었지. 포도주 병을 생각해 낸 것도 나였고, 카메라도 내 카메라였고, 게시물을 올린 것도 나였지…….

죄책감에 이런저런 고통스러운 질문들이 떠올랐어. 다시 내가 학교로 돌아갈 수 있을까? 돌아갈 수 있게 된다면, 아이들 모두 나를 미워하겠지? 돌아갈 수 없다면, 이렇게 여러 사고를 친 나를 받아 줄 학교가 있을까? 게다가 새로 가게 될 학교의 아이들이 '온 쇼'를 통해 나를 알게 된다면? 이제 자비네 올트호프 선생님은 나 때문에 직장을 잃게 되겠지?

130

나는 절망적인 심정으로 주먹으로 베개를 마구 때렸어. 하지만 아무런 도움도 되지 않았지. 잠시 동안 나는 나의 위대한 본보기인 야나가 나라면 무엇을 했을지 곰곰이 생각해 보았어. 아마 아무것도 하지 않았겠지. 그 아이에겐 어떤 비난의 말도 먹히지 않았을 것이고 아무런 지장도 주지 못했을 거야. 하지만 나는 야나가 아니었어. 난 겁이 나고 두려웠어. 미칠 것처럼 거대한 두려움이었어. 낡은 내 토끼 인형을 꼭 껴안자, 눈물이 다시 내 볼을 타고 흘렀어. 거실에선 밤이 깊도록 엄마 아빠가 싸우는 소리가 들렸어.

내 인생에 큰 성공은 없다 - 2부

학교 회의실 분위기는 마치 법정 같았어. 긴 회의 탁자의 세로 면엔 매부리코에 대머리인 우리의 클라아젠 교장 선생님이 재판관처럼 한가운데에 왕좌를 차지하고 계셨어. 검은 양복에 넥타이를 맨 옷차림으로. 교장 선생님의 앞쪽에는 손목시계와 서류 더미가 쌓여 있었어. 오른쪽에는 담임인 아르히발트 선생님, 슈베르트페거 불어 선생님 그리고 자비네 올트호프 미술 선생님까지, 파리 여행에 동행했던 선생님들이 모두 그 자리에 앉아 계셨지. 세 분 선생님 모두 긴장하고 의기소침한 모습이었어. 우리는 그분들의 맞은편 자리에 앉도록 안내 받았어. 엄마 아빠는 두 분 사이에 나를 앉게 하셨어. 놀랍게도 에디 역시 부모님과 함께 나타나 우리 가족의 옆자리에 앉았지. 나는 침을 삼켰어. 그러니까 교장 선생님이 에디에게도 정학 조치를 내리신 게 틀림없었어. 나는 에디가 모자와 헤드폰 없이 가리마를 탄 밋밋한 머리를 한 건 처음 보았어. 에디는 나를 쳐다보지도 않고, 뉘우치는 자세로 제 무릎만 뚫어지게 바라보았어. 에디의 엄마는 지독하게 화난 눈길로 나를 바라보았지. 그러는 동안 에디의 아빠는 짤랑거리는 열쇠 꾸러미를 신경질적으로 만지작거렸고. 결국 보다 못한 에디의 엄마가 갑자기 열쇠 꾸러미를 빼앗았어.

에디네 가족 옆으로 빈 의자가 두 개 더 있었고, 그 다음 의자에는 백발에 갈색으로 그을린 남자분이 앉아 있었어. 처음 보는 얼굴이었는데, 의자에 등을 기댄 채 팔짱을 단단히 끼고 있었어.

"곧바로 본론으로 들어가도록 하겠습니다."

교장 선생님이 건조하게 인사말을 했어.

"여러분 모두 아시다시피 제가 이렇게 회합을 소집한 것은 여러분에게 이번 수학여행에서 있었던 불미스러운 사건에 대해 말씀드리고, 우리가 이 문제를 어떻게 처리할지 논의하기 위해서입니다."

교장 선생님은 내가 올린 이보의 사진 몇 장을 출력해 오셨고, 그중 한 장을 잠시 들어 보였어. 사진만 보면 진짜 이보가 술잔치를 치른 뒤에 혼수상태에 빠진 것처럼 보였어. 그것도 모자라 이보의 이마 위에는 두꺼운 검정색 하트와 함께 '야나'라는 이름이 휘황찬란하게 씌어 있었지. 하지만 처음엔 빨리 올리고 싶었던 그 재밌는 사진이 이젠 전혀 재미있게 보이지 않았어.

교장 선생님이 이어서 말씀하셨어.

"이 충격적인 사진들이 지금 인터넷에 유령처럼 떠돌고 있어요. 그리고 더불어 우리 재학생 중 한 명의 권리에 상처를 입혔을 뿐 아니라, 높은 신뢰를 받던 우리 학교까지 나쁜 평판을 얻게 되었습니다. 저는 이 일을 그냥 넘어갈 수 없습니다."

교장 선생님은 서류를 옆에 밀쳐 두고, 손목시계를 만졌어.

"게다가 이런 종류의 사건이 이번이 처음이 아니라는 것도 일을 더 복잡하고 힘들게 만들고 있습니다. 불과 얼마 전에도 선량한 우리 코르프바일러 선생님을 희생양으로 전락시킨 끔찍한 사건이 있었습니다. 그리고 보시는 바와 같이 그때나 지금이나 여전히 동일한 학생들이 사건에 연루되어 있고요."

교장 선생님은 깊은 한숨을 쉰 다음 에디와 나를 한참 동안 바라보셨지.

"너희들, 하고 싶은 말은 없니?"

에디는 아무 말도 하지 않았어. 나도 그랬고. 우리가 무슨 말을 하겠어? 그냥 장난이었을 뿐이에요,라고? 아니면, '온 쇼에서 이기려고 그랬어요,라고? 어떻게 이런 분위기의 만남에서 이성적으로 해명할 수 없는 일을 이성적으로 변명하겠어? 어림없는 일이었지. 나는 갑자기 속이 좋지 않았어. 아빠가 내 어깨를 감싸 주셨지.

교장 선생님이 헛기침을 하셨어.

"그럼 너희들의 침묵은 잘못을 인정하는 거라고 받아들이겠다."

이제 교장 선생님이 낯선 아저씨 쪽을 보셨어.

"츨리바크 씨, 이제 우리가 이 두 악동을 퇴학시키는 것만이 적합한 조치라는 데 동의하시리라 확신합니다. 그리고 차후에 아드님이 다시 수업을 받으러 돌아오기를 바라고요."

나는 그제야 그 분이 이보의 아버지라는 걸 알았어. 이보의 아버지는 한동안 아무 말도 하지 않고 에디와 나를 침울한 표정으로 찬찬히 바라보셨지. 그런 다음 어렵사리 대답하셨어.

"아니오. 이보는 전화상으로 이미 말씀드렸다시피 다시는 이 학교에 발을 들이지 않을 겁니다."

교장 선생님이 부들부들 떨며 말씀하셨어.

"츨리바크 씨, 우리는 중독 전문상담가와 함께 알코올을 주제로 한 특별 수업을 실시할 계획입니다."

알코올이라고? 내가 그 문제에 관해 뭐라고 말을 꺼내기도 전에 교장 선생님이 이어서 말씀하셨어.

"반드시 실행하겠다고 맹세합니다. 또한 그것은 차치하고서라도 댁의 자녀는 이 문제에 있어 희생자이기도 합니다. 이 두 친구가 아드님의 인격에 견디기 힘든 상처를 준 것 말입니다."

아빠가 아까보다 좀 더 세게 나를 안아 주셨어. 맞은편에 있는 선생님들은 아무런 반응도 보이지 않으셨어. 모두들 어딘가 위축되어 보였어. 자비네 올트호프 선생님은 빈 공책 위에 볼펜으로 조그만 동그라미를 그리고 계셨어. 그리고 또 그리고 계속해서 동그라미만 그리셨지.

"이보가 지금 상태가 좋지 않아요. 하루 종일 제 방에 틀어박혀 나오려고 하지 않습니다. 집 밖으로는 아예 나가려고 하지 않고요. 그좋아하는 축구 경기도 마다하고 집에만 있을 정도입니다. 우리로선더 이상 어떻게 도와 줘야 할지 몰라서 심리상담가에게 조언을 받을까 합니다. 아내 역시 이 일 때문에 스트레스가 이만저만이 아니고요."

이보의 아빠가 상황을 설명해 주셨어.

"저런, 심각하군요. 그것도 아주요. 그럴수록 가해자들을 혹독하게처벌해야 한다는 게 제 생각입니다."

이보의 아빠가 애처로운 눈길로 에디와 나를 바라보더니 마침내 말문을 여셨지.

"그래요, 이 두 아이가 잘못을 저지른 건 맞습니다. 하지만 따지고보면, 이 아이들은 아직 어립니다. 그러니 아이들에게만 책임이 있다고 할 수는 없는 일이죠."

교장 선생님은 이보 아빠의 말에 동의하며, 우리 쪽으로 몸을 돌리셨어.

"물론 부모님들도 책임이 있지요. 여러분께서 자녀가 인터넷에 빠져망가지기 전에 좀 더 신경을 쓰셨더라면, 일이 결코 이 지경까지 오지는 않았겠지요."

아빠가 나에게 둘렀던 팔을 거두고, 화가 나서 소리쳤어.

"망가지다니요? 말씀 삼가해 주시죠!"

클라아젠 교장 선생님이 이마를 찌푸렸어. 이렇게 반발하리라곤 예상하지 못하신 것 같았어.

이보의 아빠는 차분하게 말씀하셨어.

"부모는 누구나 실수를 합니다. 저도 마찬가지고요. 우리는 우리 아이들을 교육하는 데 있어서 모두 초보자입니다."

에디의 부모님은 숨소리 하나 내지 않고 이 대화를 조용히 듣고 계셨지.

"츨리바크 씨, 제가 제대로 이해했다면, 용서하실 준비가 되셨다는 뜻입니까?"

교장 선생님이 당혹스러워하시며 턱을 긁적이셨지.

"그렇게 말한 적 없습니다. 하지만 선생님들이 아이들을 감독해야 할 의무를 좀 더 잘 이행했다면, 오늘 우리가 이 자리에 앉아 있진 않았겠지요."

이보의 아빠는 이제 확연히 날카로워진 말투로 대답하셨어.

"허, 허."

교장 선생님은 감탄사만 내뱉으셨지. 이보의 아빠가 다시 입을 여셨어.

"교장 선생님, 제가 자식을 학교에 맡길 땐 말입니다. 학교에서 공부만 배워 오기 때문이 아닙니다. 학교에 있으면 아이가 안전하기 때문이죠. 그 바람은 일반적으로 수업 시간에 해당될 뿐 아니라, 수학

여행 같은 특별한 경우에도 해당됩니다."

자비네 올트호프 선생님은 여전히 쉬지 않고 동그라미를 그리고 있었고 동그라미를 그린 종이들은 이제 서서히 찢어지기 시작했어. 아르히발트 선생님과 슈베르트페커 선생님도 마찬가지로 고개를 숙인 채 아래쪽을 보고 있었어.

이제 이보의 아빠는 울분을 터트리며 말씀을 이어 갔지.

"교육자가 뭐하는 분들입니까? 학생이 술에 취하는 걸 태연하게 보고만 있으라고 계시는 분들입니까?"

그러곤 직접 선생님들을 향해 돌아섰지.

"선생님들이 더 주의를 기울이셨으면, 지금 인터넷에 떠도는 이보의 사진들도 없었겠지요."

나는 더 이상 참을 수가 없었어.

"이건 전부 제 책임이에요."

내가 얼마나 크게 소리를 쳤는지, 모두들 나를 쳐다보았지. 에디도 놀란 눈으로 나를 봤어.

"그건 단지 바보 같은 장난이었어요. 그냥 제가 장난을 친 거예요. 저는 이보가 학교를 관두게 할 생각은 없었어요. 정말로 그럴 생각은 없었다고요."

나는 이보의 아빠에게로 돌아섰어.

"아저씨, 맹세하는데요, 이보는 술을 한 모금도 마시지 않았어요. 그건 정말로 선생님들 탓이 아니에요. 제가 선생님들이 정신 없는 틈을 타서 한 짓이니까요. 그리고 아르히발트 선생님께서는 우리 반 아이들에게 이상한 사진을 찍거나 게시하지 말라고 당부하셨어요."

"하지만 우리 아들 손에 포도주가 가득 담긴 잔이 들려 있잖니!"

이보의 아빠는 내 말을 반박하며 사진을 가리키셨어. 그러자 갑자기 에디가 끼어들었어.

"그건 그냥 콜라였어요. 이보는 그저 지쳐서 녹초가 된 나머지 레스토랑 한가운데에서 곯아떨어진 것뿐이에요. 그리고 이 일은 제 책임입니다. 제 아이팟에 배터리가 남아 있었다면, 카로는 절대로 이 사진을 찍지 않았을 거예요. 제가 했으면 했지요."

에디의 부모님은 놀라서 아들에게서 눈을 떼지 못했어. 나는 어리벙벙해져 저절로 턱이 벌어졌고.

"카로가 말한 것처럼, 그건 장난이었어요. 멍청한 장난 중에서도 특별히 멍청한 장난이었고요. 정말정말 죄송합니다."

"그렇다면 이보가 술에 취한 게 아니라는 말이냐?"

이보의 아빠가 의아해하며 물었어.

"그럼요! 이보한테 물어보지 않으셨어요?"

"물어봤지. 하지만 이보가 무슨 일이 어떻게 벌어졌는지 나한테는 도통 털어놓으려 하질 않는구나."

"아저씨, 제가 아무리 애를 써도 이 일을 없던 일로 되돌이킬 수는 없을 거예요. 하지만 저는 아저씨께 용서를 빌고 싶어요. 이보를 힘들게 하려던 생각은 없었어요."

이보의 아빠는 입술이 하얘질 때까지 앙다물었지. 아들이 평소에 하는 것과 똑같이.

"나한테 사과할 필요는 없다."

이보의 아빠는 잠시 침묵한 뒤에 말씀하셨어.

"너희 둘이 이보에게 개인적으로 용서를 구하는 게 좋을 것 같구나."

"이보가 다시 우리 학교에 온다면, 우리뿐 아니라 다른 학부모님들과 다른 학생들에게도 좋은 모범이 될 겁니다. 츨리바크 씨, 이번 일은 무슨 일이 있어도 정당하게 해결할 것을 제 명예를 걸고 약속 드리겠습니다."

교장 선생님의 말에 이보의 아빠가 머뭇거리다가 말씀하셨어.

"좋습니다. 제 결정에 관해선 한 번 더 차분하게 생각 좀 해 보겠습니다. 우선 아이들이 사과를 해야겠지요. 그러고 나면 이보가 결정을 내릴 수 있지 않을까요? 그러나 두 아이에 대한 학교 차원의 징계는 우리 아들에게 아무런 득도 되지 않을 겁니다, 교장 선생님."

"부탁드립니다. 그래도 앞으로 이런 일을 막기 위해 본보기를 보여 줘야 하지 않겠습니까! 그래야 더 이상 이런 사건이 생기지 않지요."

교장 선생님이 펄쩍 뛰며 양손에 감정을 담아 부채질하듯 저었어.

"나는 그렇게 하는 게 특별히 좋은 방법은 아니라고 생각합니다. 이보는 반 친구 두 명이 학교를 떠나야 하는 대가를 치르고는 학교에 돌아오려고 하지 않을 겁니다. 그렇게 하는 건 이보에게 압박감을 더

쥐서 오히려 그 아이의 상태를 더 나쁘게 할 겁니다."

이보의 아빠가 반론을 제기했어.

내 인생에 큰 성공은 없다 - 3부

좀 웃기더라. 전엔 학교에 가지 않을 수만 있다면 얼마나 좋을까 상상할 때가 많았어. 심지어 두통이 심한 척하며 엄마 아빠를 속여서 학교에 안 간 적도 있었어. 그날 나는 하루 종일 잠옷 차림으로 기분 좋게 빈둥거리며, 엄마 아빠 방의 옷장이며 서랍장을 몰래 살펴보다가, 나중엔 얼마나 텔레비전을 늘어지게 보았는지 진짜 두통이 생기고 말았지. 학교에 가기 싫어서 결석할 땐 신이 나지만, 학교에 가면 안 돼서 어쩔 수 없이 결석해야 할 땐 정말 비참하지. 그래서 나는 에디와 내가 다시 수업을 받을 수 있게 되었을 때, 날아갈 것처럼 마음이 가벼워졌어. 물론 임시로 허용된 등교였지만. 그렇게 임시로나마 우리의 등교를 허용한 표면적인 이유는 교장 선생님이 우리의 운명을 최종적으로 결정짓기 전에 학부모회와 교육청과 이야기를 나눠야 했기 때문이었어. 실제로는 이보가 돌아오기만 기다리고 있는 것 같았지만, 에디와 내가 정식으로 이보에게 사과를 한 다음에나 가능한 일이었는데 말야.

이보 사건이 있은 뒤로 선생님들은 전혀 사정을 배려해 주지 않고 무자비하게 휴대전화를 거두었어. 심지어 학교에서 휴대전화를 사용하는 아이들을 보면 신고하라고도 했어. 그 모든 조치에도 불구하고 학교 분위기가 곧바로 개선된 건 아니었지. 그뿐 아니라 학부모들은 교장 선생님의 편지를 받았는데, 엄격한 휴대전화 사용 금지에 대한 이유와 모든 학부모는 자녀들이 '온 쇼'에 참여하지 못하도록 막아 달라는 당부의 내용이 씌어 있었어. 그리고 거기서 끝나지 않고 '온 쇼'가 무엇인지 전혀 모르는 학부모들을 위해 지나칠 정도로 상세하게 설명해 놓았는데, 드문드문 씌어 있는 '온 쇼'에 관한 엉뚱한 표현들이 실소를 자아냈어.

학교에선 웃을 일이 별로 없었어. 학생들 중 일부는 에디와 나를 '조폭'이라고 부르며 보란 듯이 우리를 피했어. 그런 아이들 대부분이 이보의 사진에 '좋아요'를 누르고 나에게 후한 포인트를 주었던 아이들이었지.

아르히발트 선생님과 슈베르트페거 선생님 그리고 자비네 올트호프 선생님도 우리를 대하는 태도가 예전과 달랐지. 세 선생님은 수업 시간에 한시도 우리에게서 눈길을 떼지 않았고, 항상 우리 둘 중 한 명을 지목했어. 우리는 살얼음판을 걷듯이 조심해야 했어. 틀린 대답을 하면 그 즉시 된서리를 맞아, 조별 발표 때 나쁜 점수를 받았기 때문이지.

우리를 아직 정상적으로 대하는 사람은 딱 한 명뿐이었어.

"자, 교장 선생님과의 만남은 어땠어? 보아하니 아직 잘리진 않은 것 같네."

쉬는 시간에 운동장에 나가자 야나가 비웃는 말투로 물었어. 야나는 평소보다 훨씬 더 높은 굽의 구두에 더 진한 화장을 한 모습이었어. 야나는 아무 거리낌 없이 담뱃갑에서 담배를 한 개비 뽑아 물었어.

"너, 불 있니?"

나는 고개를 저었어.

"우리가 이보네에 가서 사과를 하면, 아마도 한 쪽 눈이 멍든 채로 나올 것 같아."

야나가 입을 쩍 벌렸어. 그 바람에 담배가 바닥에 떨어졌어.

"너희들이 사과를 한다고? 누구한테? 아니, 대체 왜?"

에디가 야나에게 설명해 주었어.

"우리가 한 멍청한 짓 때문에 이보가 완전히 엉망이 됐거든."

야나는 어리둥절해하며 말했어.

"지금 무슨 말을 하는 건지 하나도 모르겠다. 그래도 그거 엄청나게 재미있었잖아! 사람들이 갑자기 유머를 잃어 버린 거야, 뭐야?"

"야나, 잘 들어."

에디가 날카롭게 쏘아붙였어.

"만약 이보가 우리 때문에 상담 치료를 받아야 한다면, 그건 더 이상 재미와는 상관없는 일이야."

야나는 코를 찡긋 하고는 바닥에 떨어진 담배 개비를 다시 주워 들었어.

"멍청하기는. 그렇게 깊이 생각할 필요 없어. 그 녀석은 파리에 가기 전부터 진짜 싸이코였어. 한 며칠 정신병원에 갔다 오는 것도 그 애한테는 아주 좋을걸."

나는 야나의 말에 몹시 놀랐어. 야나가 그렇게 인정 없는 아이인 줄은 상상도 못 했지. 에디도 고개를 절레절레 저었어.

"너는 왜 교장 선생님에게서 편지를 받지 않았지? 너도 사진을 게시했었는데 말이야. 아르히발트 선생님 부인의 '핫'한 연애 사진 때문에 분명히 너를 감시하고 있었을 텐데."

"나 말이니?"

야나는 태연한 척하며 머리를 쓸어 넘기곤 속눈썹을 깜빡이며 말했어.

"대체 누가 너희들에게 야나 슈퍼스타가 학교에서 편지를 받지 않았다고 말하디? 나는 그런 건 받는 즉시 던져 버려. 뭣 하러 그런 시시한 일로 쓸데없이 엄마 아빠를 흥분시키니? 휴가를 떠났으면 즐기시게 둬야지……."

"그럼 적어도 너 혼자라도 회의에 왔었어야지. 너는 왜 안 왔는데? 우리를 도와줄 수도 있었잖아."

에디가 물고 늘어졌어.

"나는 원래 우리 엄마 아빠 없이는 아무 데도 안 가."

"그런 멍청한 말을 지금 변명이라고 하는 거야?"

에디가 실망하며 말했어.

야나는 담배를 장난감처럼 갖고 놀며 말했어.

"우리 엄마 아빠가 지금 바르바도스*에 있는 게 내 탓이냐?"

나는 이마를 찌푸렸어.

"나는 테네리파 섬이라고 알고 있었는데?"

"계속 옮겨 다니시거든. 두 분의 요트로 여행 중이셔."

야나는 서둘러 설명해 주었지.

"그런데 테네리파 섬은 스페인과 아프리카 사이에 있지 않나? 그리고 바르바도스는 카리브해에 있는데……."

나는 골똘히 생각했어. 내가 의심하는 눈치를 보이는데도, 내 의심 따위는 야나의 들뜬 기분에 아무런 영향도 주지 않는 것 같았어.

"아, 내가 알게 뭐야?"

야나는 지나치다 싶을 정도로 명랑하게 말하곤, 긴 손톱으로 담배를 집어 조심스럽게 담뱃갑에 넣었어.

"그건 그렇고, 우리 진짜 중요한 이야기를 빼먹은 것 같다. 있잖아, 너희들 '온 쇼'에 올린 내 사진 봤지?"

나는 우울하게 고개를 저었어. 야나는 무슨 이야기를 하든 결국엔 자기 이야기로 돌아오지. 나는 이렇게 반복되는 대화에서 내 속에 있는 무언가가 서서히 사라지고 죽어가는 걸 느낄 수 있었어.

"왜? 왜 못 봤는데? 너희들, 어떻게 그런 걸 놓칠 수 있어?"

---

*카리브해의 섬 국가.

야나가 깜짝 놀라 소리를 질렀어.

"인터넷 금지!"

나는 한 마디로 설명했어.

야나가 눈알을 굴렸지.

"너희들, 잠이 덜 깼냐, 왜 이래? 헤이, 잠 깨! '온 쇼' 신청 기간도 마감을 향해 달리고 있어!"

야나는 믿을 수 없다는 듯 두 손을 치켜들었어.

"인터넷을 금지해? 요즘 시대에 그런 게 말이 되니?"

"그야 두 말 하면 잔소리지. 어쨌든 우리 부모님들은 컴퓨터, 카메라뿐 아니라 기기란 기기는 전부 뺏어 가셨지. 우리가 죽을 때까지 평생, 아니면 그보다 더 오래 금지하실 기세야."

"그래서? 너희들은 멍청이처럼 순순히 받아들이겠다?"

야나는 우리 말에 전혀 아랑곳하지 않는 것 같았어.

"너희들, 그렇게 해서 어떻게 이길 거니? 기다려 봐, 내 아이폰을 함께 쓰면 되겠네……."

야나가 가방에서 자기 아이폰을 꺼냈지만, 에디도 나도 전혀 반응하지 않았어.

"조심하는 게 좋을 거야. 어떤 선생이든 네가 아이폰을 갖고 있는 걸 보면, 그 즉시 압수하고 말 테니까."

나는 야나에게 경고했어.

"할 수 있으면 해 보시라지."

야나는 싸울 듯이 말하고는, 다시 환한 표정을 지었어.

"얘들아, 너희들 이거 정말로 봐야 한다니까. 레니가 나를 위해 특별히 스타일리스트 한 명을 데리고 와서 겁나게 비싼 돌체 앤 가바나 옷을 입히고, 이렇게 멋진 구식 자동차에 나를 태우고 사진을 찍었거든. 이것 봐, 얼마나 멋지게 찍혔는지?"

에디와 나는 1밀리미터도 움직이지 않았어. 멀리 떨어진 곳에서도 가죽으로 된 자동차 뒷자리에서 포즈를 취한 야나를 알아볼 수 있었지. 치마가 정말 아슬아슬할 정도로 짧았어.

"어서, 그렇게 바보같이 굴지 말고 어서 로그인 해. 그리고 나한테 줄 포인트 얼른 얼른 줘라. 우리 그렇게 하기로 협정을 맺었잖아, 벌써 잊었니?"

야나다웠어. 자기한테 이익이 되는 일에 있어선 꼭 협정과 약속을 거론하는 게.

"좋아, 하지만 너도 함께 이보네로 가는 거다아!"

나는 말꼬리를 늘이며 말했어.

"대체 왜? 고무방*에 있는 그 애 사진이라도 찍게?"

야나가 발끈해서 물었어.

"아이고, 웃겨. 야나, 그건 아니고, 걔네 집에 가서 사과를 해야 해. 우리 셋 다."

---

*정신병원에 있는 병실 중 하나. 환자가 발작할 경우 부상을 막기 위해 사방에 부드러운 고무재질의 벽 마감재, 혹은 쿠션을 둘러놓은 방.

"진심은 아니겠지, 얘들아! 너희들, 그들에게 굴복하면 안 돼!"

야나가 한 발짝 물러서며 말했어.

"그건 굴복하는 것과 아무 상관도 없어. 우리가 원해서 사과하려는 거야. 같이 가자! 우리 셋은 뭉쳐야 해. 좋을 때에만 그러는 게 아니라."

나는 야나를 설득해 보려고 했어.

"헛수고하지 마! 첫째, 나는 그렇게 물러터진 사람이 아니고, 둘째, 이보 사진은 내가 찍은 게 아니고, 셋째, 다행히 너희들의 시시한 포인트 따윈 있으나 없으나 마찬가지이고. 그래서 말인데 그 사진들은 순전히 조회수를 높이기 위한 클릭 미끼용일 뿐이야."

"하지만 너도 그 덕분에 포인트를 많이 받았잖아! 이보의 사진을 열심히 공유해 놓고는."

에디가 화가 나서 말했어.

하지만 야나는 에디의 말은 이제 귀에 들어오지 않는 것 같았어. 뭔가 완전히 홀린 것처럼 작은 아이폰 화면만 응시하고 있었지.

"이럴 수가! 이럴 수는 없어!"

야나가 큰 소리로 외쳤어. 그러더니 아이폰을 든 팔을 공중으로 죽 뻗고는 "예스! 예스! 예스!"라고 연신 환호성을 지르며 높은 구두를 신은 채로 폴짝폴짝 뛰었지.

"너희들은 죽었다 깨어나도 못 믿을 거다!"

"뭔데, 그래?"

나는 심드렁하게 물었지.

"나, 캐스팅버스에 초대받았다!"

야나가 뻐기면서 내 목덜미를 끌어안았어.

"너도 초대받았을지 모르니까 살펴봐. 그렇다면 우리 같이 가자."

야나가 내 손에서 아이폰을 다시 낚아챘을 때였어. 갑자기 슈베르트페거 선생님이 우리 뒤에 나타나셨어. 선생님은 신경질적으로 헛기침을 한 다음 이렇게 말씀하셨지.

"휴대전화 이리 내!"

야나는 선생님을 보며 상냥하게 웃어 보였지.

"가져가셔도 돼요. 하지만 꺼내시는 건 선생님이 직접 하셔야 해요."

그러면서 야나는 제 아이폰을 바지 앞주머니에 깊숙이 넣었어.

내 인생에 큰 성공은 없다 - 4부

나는 야나 마리아 볼프만큼 과감한 여자애는 두 번 다시 만나지 못했어. 그 애는 그 어떤 것에도, 그 누구에게도 굴하지 않았지. 선생님들이라도 예외는 없었어. 야나는 분명 나쁜 점을 많이 가진 아이였어. 그건 확실했지. 그러나 사실 그 아이의 용기만은 감탄할 만하다고 나는 생각했어. 반면에 나는 아쉽게도 그 애와는 완전히 구조가 다른 아이이지. 에디 역시 그런 겁을 모르는 단호함 같은 게 부족했

148

어. 그렇지 않았다면 왜 우리 둘 다 이보네 집에 가는 걸 계속 미루었겠니? 만약 기네스북에 '의무 기피' 기록 칸이 있다면, 아마 우리 둘은 공동 우승자로 시상대의 1등 칸에 나란히 올랐을 거야. 어쨌거나 우리는 며칠이 지나도록 아무런 행동도 하지 않고 시간만 흘려 보냈어. 그러나 어느 순간 이보에게 용서를 구하는 일을 피하는 것만큼이나 우리 자신의 비겁함을 참을 수 없는 지점에 도달했고, 그래서 가까스로 그 일을 실천하기로 결심했지.

우리는 무거운 마음으로 전철을 탔어. 슈판다우로 가는 내내 우리는 아무 말도 하지 않았어. 가는 동안에 이보에게 누가 무슨 말을 할지 상의해서 정했어야 하는데, 머릿속을 텅 비우고 발에 납덩이를 매단 것처럼 천천히 걷다 보니 어느새 이보가 사는 곳에 도착해 있었어. 에디가 검지를 들어 입주자들의 명패를 훑었어. '츨리바크'라는 이름을 발견한 뒤에도, 에디는 한참 동안 초인종을 누를 엄두를 내지 못했어. 우리는 어떤 할머니가 보행용 보조기구를 밀며 건물에서 나와 우리를 위해 출입문을 열어 둔 채로 사라지실 때까지, 내내 누가 초인종을 누르느냐에 관해 실랑이를 벌였어. 우리는 삐꺽거리는 계단을 따라 4층으로 올라갔고, 에디는 정신을 가다듬고 초인종을 눌렀어. 하지만 문이 열리자, 갑자기 겁쟁이 토끼처럼 내 뒤로 잽싸게 숨지 뭐니?

"오, 어서 와라! 난 내심 너희 둘이 훨씬 더 일찍 올 줄 알았다."

이보의 아빠가 놀라서 휘파람 소리를 내셨어.

나는 얼굴이 빨개졌고, 반면에 에디는 어린애처럼 내 뒤로 더 깊숙이 숨었어.

"저, 저희도 더 빨리 오려고 했는데요, 학교 때문에 할 게 너무 많았어요."

나는 더듬더듬 말했어.

이보의 아빠가 양손을 허리춤에 대고 말씀하셨어.

"그야 어련하겠냐? 그래도 그렇지. 너희들, 너무 늦었어. 이보는 집에 없다."

"없어요? 그럼 어디에 있어요?"

나는 놀라서 숨이 가빠 왔어. 그 즉시 병원에 있는 이보의 모습이 눈앞에 어른거렸거든. 발작 방지용 가죽조끼를 입고 휠체어에 앉아 흐리멍덩하게 허공에 시선을 둔 모습이었지.

그러나 이보의 아빠는 웃으면서 부드럽게 내 어깨를 토닥였어.

"이보가 오늘 처음으로 다시 축구하러 갔어. 코치가 전화를 해서 겨우 이보를 설득했단다. 오늘 중요한 경기를 앞두고 선수들이 연습한다는구나."

"그럼 이보가 다시 건강해진 건가요?"

나는 긴장이 풀려 맥없이 물어보았어.

"심리상담사가 사람들하고 어울리는 게 이보에게 좋을 거라고 그러더구나. 방 안에 쪼그리고 앉아 있으면 아무것도 되는 일이 없지. 기다려라. 내가 주소를 적어 주마. 어쨌든 서둘러야 할 거다. 연습이 곧 끝나거든."

너희들, 날 위해 한 가지는 해 줄 수 있지?

"저 소리, 들리냐?"

에디가 진지한 얼굴로 물었어. 우리가 다시 슈판다우 전철역에 왔을 때였어. 나는 주위를 둘러보았어. 내 귀엔 붕붕대며 오가는 차 소리밖에 들리지 않았지.

"무슨 소리 말야?"

"먹거리들."

에디는 승강장 앞에 놓인 과자 자판대를 가리켰어.

"저것들이 절망적으로 도와달라고 외치고 있지 않니, '날 여기서 꺼내 주세요, 날 여기서 꺼내 주세요.'라고⋯⋯."

나는 큰 소리로 끄응, 신음했어. 에디의 개그 시간을 알리는 종이 다시 울렸다는 걸 알아차렸어야 했는데⋯⋯.

"이보네 집에 갔을 땐 그 좋은 말솜씨를 어디다 두고 왔어?"

처음에 에디는 내가 한 질문엔 전혀 상관하지 않는 것 같았어.

"환상적인 미스터 에디께서 지금 당장 저 불쌍한 과자들을 해방시켜야 합니다!"

에디가 영웅이나 된 듯 선포했어. 그러곤 나에게 물었지.

"너, 1유로 있냐?"

나는 심드렁하게 가방에서 동전 몇 개를 꺼내어 에디에게 건넸어. 에디는 자판기에 동전을 넣으며 즐겁게 외쳤어.

"네가 결정해. 환상적인 미스터 에디께서 누굴 먼저 구해야 할지?"

"난 아무거나 상관없어."

나는 어깨를 으쓱해 보였어.

에디는 번호 판의 버튼을 누르고 자판기에서 과자 한 봉지를 끄집어냈어. 그리고 봉지를 뜯어서 나에게 건넸어.

"어쩌면 이보가 우리랑 한 마디도 안 하려고 할지도 몰라, 영원히. 그건 너도 알고 있지?"

나는 고개를 끄덕이며 내 의지와는 상관없이 과자 봉지를 잡고는 기계적으로 과자 두 개를 입에 넣고 와삭와삭 씹어 먹었지.

"너, 진짜로 이보가 여기 나타날 거라고 생각하니?"

우리는 축구장에서 이보를 놀라게 하는 대신, 역에서 이보를 기다리기로 했어. 누가 알겠니, 우리가 찾아갔을 때 그 애가 자기네 팀원들이 보는 앞에서 어떤 반응을 보일지.

에디는 과자를 한 줌 가득 움켜쥐고는 입에다 쑤셔 넣었어.

"집에 오긴 오겠지?"

전철 한 대가 역으로 들어왔어. 사람들이 서둘러 전철에서 내리고 또 탔어. 문이 닫히고, 기차가 다시 출발했어. 여전히 이보는 보이지 않았지.

에디는 빈 과자 봉지를 바닥에 떨어뜨리고는 이리저리 발로 봉지를 걷어찼어. 그런데 에디한테 차인 봉지가 바로 내 발 앞에 떨어졌고.
그때부터 우리는 봉지를 갖고 놀았어. 바람이 몇 번이나 봉지를 멀리
채갔지만, 우리는 번번이 봉지를 잡았지. 그러다 마침내 봉지가 반대
편 승강장으로 날아가고 나서야 우리는 장난을 멈추었고, 힘이 빠져
계단 근처에 있는 벤치들 중 한 곳에 주저앉았어.

네 대 아니면 다섯 대쯤 전철을 보냈을까? 이보가 커다란 스포츠
가방을 둘러메고 전철에서 내리는 모습이 보였어. 이보는 우리를 보
고 흠칫 놀라며 멈춰 섰지만 이내 우리 곁을 지나갔어.

"기다려, 이보. 너랑 얘기하고 싶어."

나는 벌떡 일어나 이보에게 달려갔어.

"너희들이 뭘 하려는 건지 나도 알고 있어. 안심해. 내일부터 난 다
시 학교에 갈 거야."

이보는 걸음을 늦추지 않고 계속 걸어가며 대답했어.

"그래도 잠깐만 서 봐."

에디가 이보의 등 뒤에 대고 소리쳤어.

갑자기 이보가 가방을 바닥에 내려놓았어. 그러곤 팔짱을 끼고 냉
랭한 눈길로 우리를 바라보았어. 에디는 당황한 얼굴로 모자를 뒤로
젖혔어.

"그 말은 학교를 옮기지 않는다는 거지?"

"그래. 또 아냐? 다른 학교에선 또 어떤 이상한 일이 나를 기다리
고 있을지. 현재로선 내 신상에 큰 변화는 없어. 그리고 너희들도 한

동안 나랑 같이 학교에 다니게 되겠지.”

“그렇게 되어서 정말 기쁘다. 진짜 진심이야.”

나도 모르게 이 말이 튀어나왔어. 나는 이보의 목을 끌어안고 기쁜 마음을 표현하고 싶었지만, 왠지 그럴 용기가 나지 않았어.

“물론 수학 스터디는 없던 일로 해라!”

이보가 덧붙여 말했어.

“그야 당연하지. 그건 중요하지 않아.”

에디가 아랫입술을 깨물었어.

“너희들에겐 아마 중요하지 않겠지. 하지만 야나 슈퍼스타는 이번 학년을 통과하지 못할 게 백 퍼센트 확실해. 성적표 나올 날을 생각하니 벌써부터 기쁘다. 그러고 나면 우리 모두 큰 문제 하나를 덜게 되겠지.”

나는 그 말을 듣고 깜짝 놀랐어.

“그 말은 네가 우리 둘보다 야나한테 더 기분이 상한 것같이 들린다?”

이보가 스포츠 가방 쪽으로 한 걸음 옮기고 말했어.

“오해할까 봐 말해 두겠는데, 나는 너희 둘에게도 엄청 기분이 나빠. 내가 지금 소리를 질러대거나 닥치는 대로 쳐부수거나 그러지 않아서 그렇지. 나는 화내는 방법이 좀 다르거든. 하지만 너희들이 피자 가게에서 한 짓은 진짜 못된 짓이었어!”

“그건 네 말이 절대적으로 옳아.”

나는 이보의 말을 인정하며 이보의 화를 누그러뜨리려고 했어.

"그런데 그게 야나랑 무슨 상관이 있니? 그 애가 파리에 간 것도 아닌데……"

이보는 우리 둘을 쏘아보았어.

"야나는 그 애가 자리에 있든 없든 언제나 너희들과 함께 있어! 너희들은 그거 눈치 채지 못했니? 지난 며칠 동안 나는 지금까지 벌어진 사건들을 자세히 되돌아보는 시간을 가질 수 있었지. 야나가 '온 쇼'라는 광기를 너희들에게 전염시키지 않았더라면, 아마 수학여행에서 찍은 사진 같은 것들은 절대로 나오지 않았을 거야."

이보는 계속해서 야나를 욕하며 분개하여 이야기했지. 결국 나는 분노의 연설을 중단시키기로 결심했어.

"그렇긴 하지만, 이보. 우리는 너에게 무슨 일이 있어도 이건 말하고 싶어……"

"어쩌냐? 이제 무슨 말이 나올지 다 알고 있거든. 제발 너희들의 그 대단한 '쏘리'라는 말은 말아 줘라……"

이보는 신경질적으로 우리를 외면했지.

"하지만……"

"아버지한테 들어서 알고 있어. 아버지가 너희들의 사과를 조건으로 내거셨다는 거. 하지만 얘들아, 솔직히 말해서 그냥 입술로만 하는 사과 따위 나한텐 아무 소용 없다."

"하지만 정말로, 진짜 거짓말 하나도 안 보태고 미안해. 맹세할 수 있어. 그 행동은 처음부터 끝까지 내가 지지리도 바보같이, 아주 못되게 행동한 거야."

"못된 행동이라면 내가 울트라 제곱에 덤으로 양파 1인분까지 추가로 더 얹어야 할 거야. 야, 내 머릿속에 똥만 가득 차 있다는 거, 너보다 더 잘 아는 애가 어딨냐? 용서해 주라, 그리고 날 믿어, 그 일은 너를 골탕먹이려고 그런 게 아니었어!"

이보는 우리를 바라보며 우리가 한 말이 진짜인지 아닌지 시험하는 것 같았어. 그리고 마침내 에디와, 그 다음엔 나와 악수를 했지.

"잘 들어."

에디는 한결 가벼워진 마음으로 한숨을 내쉬고 말했어.

"더 이상 아무 일도 없었던 것처럼 되돌릴 수 없다는 거 알아. 하지만 우리가 널 위해 뭔가 할 수 있는 게 있다면, 말만 해. 무조건 들어 줄게."

"그렇단 말이지……, 그게 무엇일지 생각났다!"

이보가 천천히 가방을 들어 올렸어.

"그래? 뭔데?"

나는 궁금해서 조바심을 내며 물었어.

"뭐든지 상관없어. 하라는 대로 할 테니까."

에디가 약속했지.

"너희들, '온 쇼'에서 탈퇴해."

나는 내가 잘못 들은 줄 알았어.

"뭐, 뭐라고 했니?"

"로그아웃하고, 이용자 계정을 삭제해. 이젠 '온 쇼' 행사에 참여하지 마. 계속 가면 어떻게 되는지 이미 겪었잖아."

나는 침을 삼켰어. 그렇잖아도 엄마 아빠에게 컴퓨터를 빼앗긴 뒤로 '온 쇼'에서 이기리라는 희망은 진즉 꺾었지. 하지만 탈퇴라니! 그것까지는 아직 한 번도 생각한 적이 없었어.

"너희들이 물었고, 그래서 나는 대답한 거다. 내가 말한 거 잘 생각해 봐. 그 허섭스레기 같은 일에 참여하는 사람이 적을수록, 우리 학교에도 그만큼 빨리 평화가 찾아올 테니까."

돌아오는 길에 나는 결심을 굳혔어. 집에 와서는 이보와 나눈 이야기를 곧바로 엄마 아빠에게 말씀드렸어. 이보가 다시 학교에 나오려 한다는 말에 두 분의 태도가 조금 부드러워졌지. 지난 며칠 동안, 특히 엄마는 나를 무척 쌀쌀맞게 대했었거든. 나는 그저 집안 분위기가 예전으로 돌아갔으면 하는 바람밖에 없었어.

"저, 컴퓨터 좀 잠깐 쓸게요. '온 쇼'에서 탈퇴하려고요. 이보한테 빚 갚으려면 탈퇴해야 해요."

나는 말했어.

최종적으로 계정을 삭제하기 전에 나는 마지막으로 내가 실었던 게시물들을 훑어보고 싶었어. 그러자니 뭔가 기분이 울적해지더라. 나는 야나의 사이트로 클릭해서 들어갔지. 야나가 한 말은 사실이었어. 야나를 모델로 한 사진들에 대한 반응은 폭발적이었거든. 그 덕분에 야나는 입이 떡 벌어질 정도로 엄청나게 많은 포인트를 확보했어. 단, 이 광적인 성공의 직접적인 요인은 그 멋진 사진들에만 있는 게 아니었어. 오히려 아주 이상한 일을 두고 벌어진 토론이 '온 쇼'에서 널리 퍼지고 있었어. 누군가 야나가 짧게 말려 올라간 치마를 입고 찍은 사진에서 속옷을 입지 않았다고 주장한 거야. 나는 정확히 뭐가 뭔지 전혀 알 수 없었지만, 내가 사진을 자세히 살펴보는 동안에도 야나의 포인트는 계속 올라가고 있었어. 이 소문이 호기심을 느낀 몇 안 되는 소수의 사람들을 유혹했고, 그들 중 일부가 저질스러운 악플을 단 게 분명했어. 나는 볼 만큼 보았다는 생각이 들었어. 그리고 한참 동안 당혹스러워하며 내 개인 계정을 거의 파헤치다시피 살펴보았어. 그러나 빌어먹을 탈퇴 버튼을 찾을 수가 없었고, 그 정도로 계정 설명이 어설프고 허점투성이였어. 결국 다시 한 번 부가 사항들까지 꼼꼼히 구슬을 꿰듯 찬찬히 읽어 보았지. 그러다가 알림란에 올라온 새 소식을 발견하고는 숨이 가빠 왔어. '온 쇼'의 제작자들이 나를 캐스팅버스에 초대했다는 소식이었어.

초대 일자는 바로 다음날이었지.

왕따보다는 쇼핑

이보는 약속을 지켰어. 다음 날 전에 앉았던 자리에 앉아 있었고, 담임 선생님은 그런 이보에게 용기를 보여 주었다며 칭찬하셨어. 야나는 또 결석을 했더라. 아마 캐스팅버스에 입장하려고 열심히 준비 중이었나 봐. 그래도 오늘은 다른 때와 달리 결석 사실을 들키지 않고 넘어갈지도 몰라. 임시 회의 때문에 선생님들이 두 시간 안에 수업을 끝내야 했거든. 나는 넌지시 에디가 앉아 있는 곳을 뒤돌아 보았어. 하지만 에디는 지금 막 이보에게 뭔가 이야기를 하는 중이었어. 나는 오늘 회의에서 무슨 문제가 다뤄질지 잘 알고 있었어. 그것은 바로 에디와 나의 운명이었지. 결국 새로운 학교를 찾아야 한단 말인가? 나는 담임 선생님께 미리 알고 계시는 내용은 없는지 여쭤 보고 싶은 마음이 굴뚝 같았지만, 엄두가 나지 않았어. 친애하는 나의 반 친구들은 최근 들어 나에게 톡톡히 쓴맛을 보여 주던 터라 물을 수도 없었지. 공개적이거나 직접적으로 괴롭히는 건 아니었어. 하지만 보이지 않게 몰래 괴롭히곤 했지. 아침에 학교에 왔는데, 갑자기 내 자리에 있던 의자가 사라진 적도 있었고, 공책이나 필기도구가 없어진 적도 있었어. 또 책가방 속에서 쓰레기를 발견하거나, 칠판과 화장실 문짝에서 악의적인 험담을 한 낙서를 발견할 때도 자주 있었어. 선생님들은 아직까지 아무런 눈치도 못 채셨지. 아니면 알고도 침묵하셨거나. 에디는 나에게 아이들의 행동은 신경 쓰지 말라고 말했지. 그런데 이상한 건 반 아이들이 에디는 나처럼 괴롭히지 않고 가만히 두었다는 거야.

큰 쉬는 시간* 종이 울리자, 우리는 가방을 낚아채다시피 들고는 출구로 나 있는 계단을 뛰어 내려왔어. 그런데 그때 갑자기 누군가 나를 거세게 밀쳤어. 순간적으로 나는 균형을 잃고 앞으로 꼬꾸라졌지만, 한 손으로 계단 손잡이를 단단히 부여잡았지. 나는 화가 나서 뒤를 돌아보았으나 많은 아이들 속에서 범인처럼 보이는 아이는 한 명도 없었어.

학교 밖으로 나오자 엄청난 열기가 훅 하고 달려들었지. 그때까지도 놀란 내 심장은 진정되지 않고 거칠게 뛰었어. 나는 물병을 꺼내어 조금 남아 있던 물을 다 마셨어. 그런데 바로 그 순간 도로 맞은편에 있는 은색 포르쉐에서 누가 내렸는지 아니? 맞았어. 야나 슈퍼스타였어. 야나는 올림머리를 하고 하늘거리는 여름 원피스 차림이었어. 그리고 어깨엔 조그만 숄더백을 메고 한껏 거드름을 피우는 걸음걸이로 학교 출입문 쪽으로 건너왔어.

"어디 있다가 이제 오는 거니?"

나는 열이 받아서 물었어.

"우리 엄마 아빠가 오늘 아침 일찍 비행기를 타고 테겔 공항에 도착하셨어. 방금 켐핀스키**에서 아주 우아하게 샴페인을 곁들인 아침을 먹고 오느라고 좀 늦었지."

야나는 기분이 좋은지 그렇게 말하면서 막 학교 건물을 벗어나는 아이들을 가리켰어.

---

*15~20분 정도이다. 간식을 먹고, 이야기를 나누고, 교정에 나가서 지내는 시간으로 독일 초등학교에서는 두 시간 수업 후에 큰 쉬는 시간을 갖는다.
**세계적인 체인망을 갖고 있는 별 다섯 개짜리 최고급 호텔 중 하나.

"오늘 소방 훈련 하는 날이니? 아니면 내가 빼먹고 못 들은 게 있었나?"

"회의 때문에 2교시만 하고 나머지 수업은 휴강이야."

나는 야나에게 알려 주었어.

"대박!"

야나는 기뻐서 큰 소리로 말하곤, 가방 속에 손을 넣었어.

"그럼 우리 곧바로 쇼핑하러 갈 수 있겠다."

야나가 지폐 다발 하나를 꺼내어 들고 신 나게 흔들었어.

"이것 봐! 우리 엄마 아빠가 주신 거야. 이거면 캐스팅버스에 입을 새 옷을 살 수 있을 거야."

그러면서 야나는 입고 있는 밝은 색상의 멋진 옷을 가리키며 마치 세상에서 가장 낡은 누더기를 보고 있다는 듯이 얼굴을 찡그렸어.

"무슨 일이 있어도 이렇게 입고 갈 수는 없어."

"나도 초대받았어."

나는 야나의 말을 툭 자르고 말했어.

"진짜?"

야나는 별로 놀라는 것 같지 않았어.

"어디 보여 줘 봐."

나는 가방 속에서 내 번호를 출력한 구겨진 종이를 꺼내 야나 앞에 내밀었어.

"이것 때문에 너랑 얘기하려고 했어."

"그럼 그냥 나랑 같이 가자, 지금."

야나는 그렇게 말하곤 휙 돌아서서 서둘러 자리를 떴어. 야나와 얘기를 하려면, 그 아이를 따라가는 것밖에 방법이 없었지.

하지만 가는 길 내내 야나는 최근에 자기가 겪은 일들을 쉬지 않고 설명했고, 그 바람에 나는 입도 벙긋할 수 없었어. 야나는 '온 쇼'에서 큰 성과를 거둔 탓에 어디를 가나 사람들이 자기를 알아보고 사인 신청을 한다며 자랑을 해댔지. 어제는 디스코텍 문지기가 자기의 팬이어서 길게 늘어선 사람들을 모두 제치고 제일 먼저 입장하게 해 줬다는 말도 했어. 그런 다음엔 레니가 '온 쇼'를 둘러싼 이 소동 아닌 소동을 촬영한 텔레비전 인터뷰에 자기를 소개했다고도 했지.

"결과는 나중에 나한테 직접 연락해 준댔어. 결과야 뭐, 기다릴 것도 없이 TV에 나오는 건 확실해. 내가 전부 다 게시물로 올렸거든."

야나는 신이 나서 계속 종알거렸어. 그러곤 다시 가방 속을 뒤지더니 엽서 한 장을 꺼냈어.

"이것 봐, 레니가 내 사인 엽서를 인쇄소에 맡겼어. 천 장이나. 이제 레니는 내 매니저야."

난 의심하는 눈길로 엽서를 빤히 들여다보았어. 야나의 사진이 실린 엽서였어. 야나가 '온 쇼'의 로고가 찍힌 포스터 앞에서 짧은 미니스커트를 입고 마이크를 손에 들고 포즈를 취한 사진이었어. 사진 아래엔 '온 쇼의 앵커, 야나 슈퍼스타'라고 적혀 있었지. 그리고 엽서 뒷면에 레니의 포토 스튜디오 주소와 이름이 씌어 있었어.

"이거 좀 빠른 거 아니니?"

나는 황당해서 물었어.

"아니, 왜?"

야나가 어리둥절해했어.

"레니가 그랬어. '온 쇼' 가입자들은 대부분 내가 '온 쇼' 앵커가 될 거라고 예상하고 있다고. 난 곧 다른 리그에서 경쟁하게 될 거야."

야나는 불쌍하다는 눈길로 나를 바라보았어.

"어휴, 카로. 그렇게 기죽은 표정 좀 짓지 마."

그러곤 우리 앞에 있는 상점을 가리켰어.

"우리, 돈이나 왕창 쓰자."

나는 그때까지 '마야야' 같은 진짜 디자이너 부티크에서 쇼핑을 해 본 적이 한 번도 없었어. 에어컨이 켜진 고급스러운 상점 안은 시원하고 쾌적했지. 점원 아가씨는 우리를 전혀 의식하지 않았고, 휴대전화를 들고 거의 들리지 않는 목소리로 통화하면서 컴퓨터 모니터에서 한시도 눈길을 떼지 않았어. 야나는 우선 선글라스가 진열된 곳으로 어슬렁거리며 걸어가서는 몇 개를 써 보았어.

"자, 네가 보기엔 어때?"

야나는 부자연스럽게 억지웃음을 띠고는 이렇게 물었어.

"이게 어울리니, 아님 아까 그게 어울리니?"

나는 선글라스들 중의 하나를 집어 들었다가 기절할 뻔했어. 가격이 290유로더라고! 집에 있는 내 선글라스 값은 딱 20유로였는데…….

야나는 내 대답은 기다리지도 않고, 눈에 띠게 지루한 티를 내며 다양한 옷이 걸린 행거로 걸음을 옮겼어. 야나는 치마를 꺼내 보거나, 블라우스 혹은 원피스를 훑어봤지. 나는 알록달록 다채로운 색상의 티셔츠를 들고 가격표를 살펴보았어. 210유로더군. 블라우스 340유로, 치마는 한 벌에 405유로.

"야나, 있잖아, 이거 전부 너무 비싸지 않니?"

야나는 고개를 저었어.

"레니가 그랬어. 옷이 곧 나의 명함이라고 말이야. 절약해서 잘못된 결과를 얻으면 아무 의미가 없지. 내가 얼마나 어렵게 포인트를 모았는데……. 이렇게 고생한 다음에 실패한다면 특히나 더 의미가 없지."

야나가 비밀스럽게 씩 웃었어.

"내 속옷 때문에 아주 난리가 난 거 너도 봤지? 그냥 포인트가 비 오듯 쏟아지고 있다고 할까!"

"넌 그 일이 창피하지도 않니?"

나는 놀라서 물었어.

"아니, 전혀! 왜?"

"나 같으면 인터넷의 절반이 내가 속옷을 입었느니 안 입었느니 하는 걸 두고 토론한다면 정말 불쾌할 것 같아."

"아이고, 얘!"

야나는 그렇게 말하곤 가슴이 엄청나게 깊이 파인 상의를 살펴보았어.

"넌 진짜로 배워야 할 게 많구나. 첫째, 스타 앵커는 그 어떤 것에 도 창피해하면 안 돼. 둘째, 그 소문은 내가 직접 퍼트린 거야."

"뭐? 어떻게 그게 가능해?"

야나가 내 어깨에 손을 얹고는 말했어.

"그거야 아주 간단하지. 나는 처음부터 계정을 두 개 갖고 있었거 든. 그 두 번째 계정을 통해 내 게시물에 항상 포인트를 줄 수 있었 고. 하지만 이건 아무도 알면 안 돼. 당연히 '온 쇼'에선 그걸 금지하고 있으니까. 얘, 이번 속옷 사건, 어마어마한 아이디어이지 않냐? 이 사 건으로 내가 처음 화제의 주인공이 되었으니까 말이야. 지금까지 나 는 이렇게 많은 포인트를 한 번에 모아 본 적이 없었거든."

"하지만 그렇게 하는 거, 사기 아니니?"

야나는 손사레를 쳤어.

"말도 안 돼, 카로. 뻔뻔함이 이긴다, 몰라? 그렇지 않으면 절대로 이길 수 없어……."

이 말은 나에게 큐 사인이 되었어. 그때까지 적절한 기회가 올 때를 내내 기다리고 있었거든.

"야나, 너 그거 아니? 나는 이번 경합에서 이기고 싶은 마음 없어. 어차피 그렇게 되지도 않겠지만."

야나는 다시 선글라스 진열대 쪽으로 가며 눈썹을 추켜올렸어.

"그게 대체 무슨 말이니?"

"그거야 아주 간단하지. 나, 이제 더 이상 '온 쇼' 안 할 거야!"

"이제 와서? 너, 아예 하차한다는 말이니?"

나는 고개를 끄덕였어.

"그럼 캐스팅버스에 초대받은 건 어떻게 할 건데?"

"당연히 안 가지. 하지만 나중에 네가 갈 때 같이 가 줄 수는 있어. 대신 거기까지야."

나는 진지하게 나의 입장을 설명했어.

그거 아니? 나는 이 순간, 야나가 나에게 다시 질문해 주기를 간절히 바랐어. 진짜 친구라면 적어도 내가 왜 그런 결정을 내리게 되었는지 궁금해해야 하는 거 아니니? 하지만 야나의 입에선 나의 결정을 궁금해하는 질문은 한 마디도 나오지 않았어, 단 한 마디도.

"그러니까 탈퇴하기로 결심 굳힌 거야?"

야나가 흥미를 보인 건 그게 전부였어.

"최종 결정이야. 번복은 없어."

"그럼 증명해 봐. 로그인해서 나한테 네 포인트 넘겨."

야나가 아이폰을 꺼내며 말했지.

"뭐하러? 넌 지금 가진 포인트만으로도 차고 넘치는데."

나는 야나에게 무척 실망했어.

"나한텐 충분한 포인트란 있을 수 없어. 자, 어서, 빨리 해!"

야나가 아이폰을 내 코앞에 바싹 갖다 댔어.

나는 놀라서 한 걸음 뒤로 물러났어.

"이렇게 하기로 협상을 맺었잖아. 한 사람이 나가면, 다른 사람이 그 포인트를 갖는 거."

야나는 엄한 말투로 나에게 우리의 약속을 상기시켰어. 나는 잠시 망설이다가 모조 다이아가 박힌 분홍색 케이스의 아이폰을 받았어. 그러곤 내 속마음과는 반대로 중얼거렸지.

"포인트 넘기는 거 어떻게 하는지 몰라."

"로그인이나 해. 나머지는 내가 알아서 할 테니까."

야나가 명령조로 말했어.

나는 기분이 상한 채 '온 쇼'에 로그인을 한 다음, 다시 야나에게 아이폰을 건넸어.

야나는 이리저리 부지런히 자판을 두드리곤 아무 말 없이 아이폰을 다시 가방에 집어넣었어.

"내가 기꺼이 준 거니까 고마워할 필요 없어. 이젠 행복하길 바라."

나는 씁쓸하게 말했어.

"아주 행복해 죽겠다."

야나는 그렇게 쌀쌀맞게 말하곤 빠른 걸음으로 가게에서 나갔어. 어찌나 빨리 걷던지 따라잡기 힘들 정도였지. 강한 열기가 다시 내 얼굴을 치며 달려왔어. 나는 해를 바라보면서 두 눈을 찡그렸어. 야나가 차도로 걸어가더니 택시를 세웠어.

"어딜 그렇게 바쁘게 가는 거니?"

나는 야나를 향해 소리를 질렀어.

"캐스팅버스지, 어디긴 어디야? 레니와 만나려면 일찍 도착해야 해."

"기다려, 나도 같이 가려고 했는데……."

나는 야나에게 기다려 달라고 부탁했어. 하지만 야나는 바로 내 앞에서 인정사정없이 택시 문을 닫아 버렸지. 그런 다음 잠깐 차창 유리문을 내리더니 이렇게 말했어.

"나중에 거기서 보게 되겠지, 분명히 그렇게 될걸."

택시가 서서히 출발하자, 야나가 가방에서 검은 선글라스를 꺼내어 꼈어. 미처 떼지 못한 가격표가 흔들거리고 있었지.

캐스팅버스에 오세요!
친구도 함께 오세요!

나는 멍청이 같았어. 멍청한 강아지처럼 야나를 졸졸 쫓아다녔던 거야. '기다려, 나도 같이 가려고 했는데…….'라니! 나는 그 누구보다도 내 자신에 대해 화가 났어. 좌절한 마음으로 집으로 가기 위해 쿵쾅거리며 지하철 역으로 향했어. 하지만 환승을 하려고 프리드리히슈트라쎄 역에 내렸다가 갑자기 생각을 바꿨어. 그날따라 역이 심하게 붐볐는데, 평소 에스컬레이터 곳곳을 정체시키곤 하는 관광객 무리 때문만은 아니었어.

나는 종이 명찰과 캔 맥주를 든 이 젊은 사람들이 전부 어디로 가려는 건지 정확히 알고 있었어. 그곳은 바로 브란덴부르크 개선문에 있는 캐스팅버스였어. 내 의지와 상관없이 나는 군중 속에 합류하여 그들과 함께 휩쓸려 갔어. 나는 차츰 내 마음에 변화가 이는 것을 느꼈지. 브란덴부르크 개선문에 모인 엄청나게 많은 '온 쇼'의 팬들을 보자, 음울했던 기분이 완전히 날아가 버렸어. 나는 탄성을 지르며 개선문에 인접한 동물원이 거의 보이지 않을 정도로 밀집한 군중들 사이로 '온 쇼' 로고가 박힌 수많은 천막들을 살펴보았어. 여기저기에 다부진 체격의 안전 요원들이 서 있었고, 카메라 셔터를 눌러 대는 사진기자들과 대형 방송국들의 텔레비전 촬영 팀들이 와 있었지. 우리 머리 위에 팽팽하게 펼쳐진 와이어를 타고 원격 조정용 카메라가 이리저리 오가고 있었어. 나는 행복했고, 흥분해서 기분이 들떴어. 다만 상상을 초월하는 열기만은 괴로웠어. 올해 들어 최고로 더운 날이 틀림없었지. 갈증이 나를 괴롭혔어.

그래, 그래. 나도 알아. 네가 무슨 생각을 하고 있는지. 내가 거기 가서 뭘 하려고 했냐고? 방금 내 포인트를 몽땅 잃었는데, 응? 정말 나를 이해하지 못하겠니?

'온 쇼' 때문에 벌였던 모든 소동과 높은 점수와 낮은 점수 사이를 오갔던, 힘들었던 포인트 사냥이 모두 지나간 뒤라 나는 이제 단순한 호기심으로 가슴이 터질 것 같았고, 그래서 이 환상적인 볼거리를 무조건 가까이에서 봐야겠다는 생각을 했어.

잠시 후 나는 행복에 겨운 후보자들을 입장시키는 입구를 발견했어. 안전 요원이 후보자들 중 두 명을 하얀색 대형 텐트 안으로 들여보냈어. 후보들은 손목에 파란색 끈을 차고 있었어. 나는 그들 가까이로 좀 더 밀치고 들어갔어. 그리고 입구 바로 뒤쪽에 소파와 음료수가 잔뜩 든 커다란 얼음 통을 보자, 후보자들이 그렇게 부러울 수가 없더라.

내 주위엔 수많은 아이들이 캐스팅에 참여하는 친구의 이름을 적은 포스터를 높이 쳐들고 있었어. 멀찍이 앞쪽엔 철망이 레드카펫을 따라 길게 둘러쳐져 관중들을 차단했고, 레드카펫은 후보들이 들어가는 천막 바로 앞에서부터 펼쳐져 '온 쇼' 로고가 박힌 대형 은색 트럭, 즉 캐스팅버스에까지 이어져 있었어. 내 짐작에 아마 그 안에서 시험 촬영을 하는 것 같았어. 이제 나는 더 이상 참을 수가 없었어. 무조건 밀치고 들어가 더 가까이에서 봐야지 직성이 풀릴 것 같았지. 훨씬 더 가까이. 나는 전투에 임하는 결연한 자세로 사람들을 밀치고, 착 달라붙었다가 떨어지며 사람들 사이를 뚫고 지나갔어. 그리하여 마침내 땀으로 범벅이 된 채로 레드카펫 가장자리까지 다가갔어. 거기에 서니까 오디션 광경이 완벽하게 보였는데, 울타리 바로 옆이라 밀치락달치락하는 군중들 때문에 엄청나게 혼잡스러웠지. 나는 무리에 밀려 계속해서 차단막 울타리에 몸이 눌렸어. 그러다 어느 순간 갑자기 현기증이 났어. '팬 분들, 그렇게 밀치지 마세요.'라고 안전 요원들이 계속 경고했지. 급기야 내 눈앞에 이상한 점이 반짝이며 왔다 갔다 하더라.

"아, 안 돼."

거기까지는 생각이 나는데, 그 후로는 아무것도 기억하지 못했어.

그 다음 내가 기억하는 건 코를 찌르는 엄청난 냄새야. 나는 놀라서 눈을 번쩍 떴지. 나는 누워 있었고, 누군가 내 코 위에 토할 것같이 역겨운 냄새가 나는 걸 대고 있었어. 나는 본능적으로 그 사람의 손을 뿌리쳤어. 머리가 지독하게 아팠어. 혹이 난 곳으로 저절로 손이 갔어. 혹이 만져졌고, 나는 화들짝 놀랐지.

"자? 이제 괜찮아졌니?"

어떤 아저씨가 나에게 물이 든 컵을 건네며 물었어.

나는 살짝 몸을 일으켜 미친 듯이 물을 마셨어.

"넌 기절했었단다."

그 아저씨가 컵에다 물을 더 따라 주며 말했어.

"더 마셔라. 완전히 탈수 상태인 모양이다."

나는 눈을 깜빡였어. 그러자 긴급 의료팀의 유니폼이 눈에 들어왔지.

"여기가 어디에요?"

"긴급 의료 구조 텐트란다. 너 휴대전화 있니? 집까지 데려갈 사람은 있어?"

"저 혼자서도 충분히 갈 수 있어요."

나는 중얼거렸지.

"너희 부모님들은 너 여기에 온 거 아시니? 나한테 번호를 주면 내가 대신 두 분께 연락할게."

안전 요원 아저씨가 가슴 주머니에서 휴대전화를 꺼냈어. 나는 깜짝 놀랐지. 하필이면 캐스팅버스 같은 곳에서 나를 데리고 가야 하다니, 분명 우리 부모님의 반응은 감격에 겨운 것과는 거리가 멀 텐

172

데……. 특히 '온 쇼'를 당장 탈퇴할 거라고 자신 있게 말하고 난 후에 말이야.

"저, 일단 좀 더 누워 있어도 될까요? 너무 메스꺼워요……."

"그야 문제될 것 없지. 서두르지 말고 쉬렴."

안전 요원 아저씨가 친절하게 말했어.

예상했던 것처럼 폭염의 희생자는 나뿐만이 아니었어. 의료 텐트 안의 나무침대 위엔 소년 소녀들이 줄줄이 누워 있었어. 나는 몰래 여기서 사라지고 싶다는 생각뿐이었어. 친절한 안전 요원이 다른 사람을 돌보는 동안 두 번째 기회가 찾아왔고, 나는 잽싸게 내 가방을 낚아채고는 텐트 뒷면으로 난 조그만 틈으로 기어 나왔어. 순간적으로 눈부신 햇살에 눈이 멀 것 같았어. 나는 눈앞에 손차양을 친 채로 출구를 찾아보았어. 하지만 내가 도착한 곳은 캐스팅버스의 뒤쪽인 것 같았어. 세 개의 이동식 화장실 뒤에 화물차와 봉고차들이 일렬로 바싹 붙어서 주차되어 있었어. 나는 여전히 머리가 지끈거렸지만, 이 차량들이 왜 그렇게 다닥다닥 세워져 있는지 즉각 알아차렸지. 그건 관계자 이외엔 캐스팅버스의 무대 뒷면을 볼 수 없게 하려는 의도였어. 하지만 멍청하게 그렇게 해놓은 탓에 거기에 들어간 사람은 다시 밖으로 나올 수가 없었지. 나는 독 안에 든 생쥐 꼴이 되고 말았어.

나는 출구가 있을 만한 곳을 찾아다니다, 접착테이프로 바닥에 고정시켜 놓은 굵은 전선에 걸려 허우적거렸고 문을 열어 놓은 한 중계차 앞에 멈추어 섰어. 남자 두 명과 여자 한 명이 모니터를 보며 믹싱 데스크* 앞에 앉아 있었어. 모두 '온 쇼' 로고가 박힌 티셔츠를 입고 있었지.

모니터 화면이 캐스팅버스의 내부를 잡고 있는 것을 알고 나는 흥분해서 비명을 지를 뻔했어. 나는 주먹을 입에 넣고 소리 없이 화면을 관찰했어. 후보자 중 한 명이 안내를 받으며 촬영실로 들어갔어. 거기서 그는 한 탁자 앞에 자리를 잡고 앉아 머리카락을 뒤로 쓸어 넘겼어. 그리고 '온 쇼' 로고가 박힌 엽서를 들고 확신이 서지 않는 말투로 엽서에 적힌 내용을 읽어 내려갔지.

중계차 속의 세 사람이 그 모습을 주시하고 있었어. 모두들 엄지를 아래로 내렸어.

"방문해 주어서 고마워요. 연락할게요. 포스트 더 모스트!"

곧이어 남자들 중 대머리인 한 사람이 버튼을 누르고 마이크에 대고 말했어. 그때 나는 알았어. 이 세 명의 사람들은 그냥 그렇고 그런 기술자가 아니라는걸. 그래, 그 사람들은 캐스팅을 책임지는 사람들이었어. 이 사람들이 모든 지원자를 자세히 관찰하고 판단하는 거야.

"다음 분, 들어오세요."

대머리 아저씨가 마이크에 대고 소리쳤어. 카메라 앞에 한 여학생이 나타났어.

---

*녹음할 때 음을 혼합, 즉 믹싱하는데 쓰는 전자 장비.

"쟨 안 되겠다."

여학생이 첫 문장을 읽고 나자 세 사람 중 유일한 여자가 그렇게 말하고는 지루한지 머리핀을 만지작거렸어.

"저 애는 굵고 사나 봐. 참새처럼 짹짹거리기만 하네."

그러자 재빨리 대머리 남자가 마이크에 대고 말했어.

"방문해 주어서 고마워요. 연락할게요. 포스트 더 모스트!"

그러는 내내 나는 들킬까 봐 무서웠는데, 그 세 사람은 오직 모니터에만 신경을 집중하고 있었어. 그들은 계속해서 엄지를 내렸고, 한 사람, 한 사람에 대해 평가를 내렸어. 너무 어려, 너무 나이가 많아, 너무 뚱뚱해, 너무 날씬해, 너무 지루해, 너무 못생겼어, 너무 목소리가 낮아 등등.

점점 좋지 않은 느낌이 밀려오더라. 지금 이게 다 뭐하는 짓거리들이지? 이런 어처구니없는 일이 또 있을까? 누가 '온 쇼'에 적합한지를 두고 왜 이 세 사람이 결정을 내리는 거지? 내 방에서 야나가 읽어 주었던 규칙, 너도 기억하지? 거기에 이렇게 씌어 있었잖아. 우승자는 온라인을 통해 회원들이 직접 선택할 거라고 말이야.

'이건 완전히 사기다!'

나는 그런 생각이 들었고, 내가 잘 아는 얼굴이 모니터에 나타났을 때에는, 이 잘난 지배자들 앞에서 하마터면 분통을 터트릴 뻔했지. 야나는 여전히 오전에 입었던 하늘거리는 원피스에, 검은 선글라스를 머리 위에 올린 모습이었어. 야나는 뭘 하려는지 책상과 의자를 카메라 화면 밖으로 밀쳤어.

"쟤, 지금 뭐 하는 거야?"

한 남자가 황당해하며 물었어.

"모르겠는데……."

대머리 남자가 마이크 가까이에 가서 버튼을 눌렀어.

"안녕하세요, 멘트 내용이 적힌 카드는 안 받았나요?"

"받았죠."

야나는 저돌적으로 대답하고는 반짝거리는 파란색 팔찌를 두른 손을 허리춤에 갖다대었어.

"하지만 저는 그건 필요하지 않아요."

대머리 남자가 이건 또 뭐냐는 표정으로 여자 심사위원을 돌아보며 말했어.

"쟤, 대체 누구야?"

"잠깐."

여자는 머리핀을 손에서 놓고 노트북 자판을 잠깐 두드렸어.

"야나 마리아 볼프, 17세."

17세라고? 나는 피식 웃음이 나왔어. 당연하지, 야나 슈퍼스타께서 그녀의 위대한 목적을 달성하시기 위해서 이번에도 술수를 부린 거지.

"나, 저 애 알아."

가운데에 앉은 남자가 갑자기 소리쳤어.

"저 애, 그 속옷 논란을 일으켰던 애야. 자네들도 알잖아, 모두들 그걸 두고 손가락이 부르트도록 게시글을 올렸었잖아."

"흠."

대머리가 그르렁 소리를 냈어.

"노 속옷, 노 카드, 노 데스크, 노 의자! 이게 저 아이의 트레이드 마크라도 되나 보지."

그런 다음 대머리 남자가 다시 버튼을 누르고 신경질적으로 물었어.

"그럼, 어떻게 대본 없이 뉴스를 진행하겠다는 건가요?"

"문제없어요. 저는 즉석에서 진행하겠습니다. 저 때문에 곯아떨어지실 일은 없을 거예요."

야나는 언제나처럼 자신감 있게 주장했어.

"어딘가 귀여운 구석이 있어, 저 꼬마 애. 게다가 아주 고집도 세 보이고."

가운데 남자가 동료들을 향해 돌아앉으며 말했어.

"외모도 좋고, 눈길을 끄네."

대머리 남자도 야나를 칭찬했어.

"그래, 쟨 뭔가 있네."

여자 심사위원도 두 사람에게 동의했지. 그러곤 화면 한쪽을 가리키곤 이렇게 말했어.

"단지 가슴이 좀 작아서 아쉽긴 하다."

"그게 대수야? 폴란드에 가서 가슴 수술을 하면 별로 비싸지 않아."

대머리 남자가 반박했어. 그러고는 세 사람 모두 큰 소리로 웃었지.

그래, 인정해. 몇 시간 전만 해도 나는 기분이 몹시 상했었어. 그런데도 지금 야나 슈퍼스타가 이 주제넘은 허풍쟁이들의 장단에 놀아나는 걸 지켜보자니 속에서 천불이 났어.

그때였어. 갑자기 오른쪽 귀가 지독하게 아팠어. 어떤 빌어먹을 안전 요원이 중계차에서 나를 험하게 끌어내었고, 나는 '온 쇼' 팀의 천막을 지나 동물원의 반대편에 난 출구까지 질질 끌려가 결국 쫓겨나고 말았어.

그들의 정체를
네 친구들에게 보여 줘!

우선 좋은 소식부터 말할게. 에디와 나는 계속 학교를 다닐 수 있게 되었어. 교장 선생님이 우리 부모님께 보낸 편지에는 이렇게 씌어 있었어. 이보의 아버지가 우리가 사과한 뒤에 개인적으로 한 번 더 우리를 위해 변론해 주셨다고. 전에 파티에서 야나 때문에 완전히 술에 취했던 코르프바일러 선생님도 우리의 처벌을 원하지 않으셨지. 아마도 내가 드린 사과 편지에 기분이 조금 누그러지셨나 봐.

나는 그것만으로도 한결 마음이 가벼워진 느낌이 들었어. 하지만 우리 부모님에 비하면 아무것도 아니었어. 엄마 아빠는 그날을 기념하기 위해 나와 외식하러 가자고 하실 정도로 기뻐서 어쩔 줄 몰라 하셨어. 오랜만에 우리 세 식구 사이에 좋은 분위기가 흘렀지. 우리는 레스토랑에서 우스갯소리를 하며 소리 내어 웃기도 하고, 아주 편하게 이야기했어. 하지만 그때 나는 두 분이 내가 생각했던 것보다 훨씬 더 학교 문제 때문에 걱정을 많이 했다는 걸 알게 되었어.

저녁 때 엄마 아빠는 다시 한 번 엄하게 그간의 일을 질책하셨고, 그런 다음 나는 마침내 나의 노트북과 두꺼운 구형 휴대전화 그리고 분홍색 카메라를 공식적으로 돌려받았어. 드디어 온라인을 다시 접속할 수 있게 된 거지! 컴퓨터와 인터넷을 하지 못하는 동안 얼마나 심하게 세상과 단절된 느낌이 들던지…….

이젠 나쁜 소식을 말할 차례야. 어쩌다 보니 내가 그 시점까지도 여전히 '온 쇼'와 마지막 이별을 고하는 마침표를 찍지 못하고 있었다는 거야. 알아, 알고말고. 변명으로 내세울 게 있다면, 직접 게시물을 올리거나, 포인트를 주는 데 참여하지 않았다는 거야. 또 본인 계정이 없으면 비회원은 소셜네트워크에 접근하지 못하지. 계정이 없으면 나는 '온 쇼'에서 벌어지는 일들에 관해 더 이상 아무것도 알지 못했겠지. 앵커를 둘러싼 경쟁이 어떻게 되었는지 역시.

그사이 앵커 선정 일은 진짜로 흥미진진해졌어.

현재 1위를 차지한 사람은 하필이면 은퇴한 할아버지였어. 하인츠 뵈르너라고 하는 그 할아버지는 사람들이 많이 찾는 길가 판매점 옆에 살았어. 그런데 판매점 주위에서 맥주를 마시는 사람들이 계속 할아버지네 정원에 오줌을 누는 일이 일어나자, 화가 난 할아버지는 감시 카메라를 설치했지. 그리고 그렇게 찍은 동영상을 '온 쇼'에 올렸어. 아마 노상방뇨하는 사람들을 그만두게 하려고 그러셨겠지. 하지만 그 동영상은 할아버지의 의도와는 정반대의 결과를 낳았지. 이제 그 판매대는 성지가 되었고, 뵈르너 씨네 집도 마찬가지였어. '온 쇼'를 이용하는 온 시민들이 이제 오줌 누는 장면에 찍히려고 무리를 지어 그곳으로 몰려들었어. 그러면서 카메라를 향해 손을 흔드는 사람들도 많았고. 캐스팅버스에 와서도 이 노신사는 그 현상에 대해 분통을 터트렸지. 그리고 그 분의 포인트 지수는 마치 영화 속 이야기처럼 더더욱 상승했어. 바로 그 점 때문에 '온 쇼' 회원들은 그 할아버지를 좋아했어. 2위엔 매드 매니라는, '온 쇼' 이용자를 웃음거리로 풍자한 영상을 만든 사람이 차지했는데, 나도 그 사람의 패러디에 진짜 빵 터졌어. 그 남자는 아직 알려지지 않은 직업 코미디언인 것 같았어. 3위는 흰 옷에 비니모자를 쓰고 캐스팅버스에서 브레이크 댄스 실력을 뽐내던 찌질이가 차지했지.

그럼 야나는?

나는 순위를 죽 살펴보며 계속 아래쪽으로 향하다가 29위에서 야나를 찾았어. 야나가 올린 동영상에 나는 솔직히 놀라지도 않았어. 그것은 야나가……, 자기 자신을 화제로 불꽃 튀는 연설을 하는 모습을 찍은 동영상이었어. 저런, 얘가 월요일에 있을 다음 라운드에 통과하려고 아이디어를 짜내느라 급하긴 급했나 보다. 나는 그렇게 생각하니 속이 다 후련했지. 왜냐면 이번 주말이 지나면 '온 쇼'에서 열 명의 당선 유력 후보를 뽑는 투표를 할 예정이었거든.

물론 나는 29위라는 순위에도 불구하고 야나가 유력 후보 대열에 낄 수 있지 않을까 하고 예상했지. 중계차에서 본 세 명의 심사위원들이 한 말과 행동을 목격한 뒤로 나는 '온 쇼'에서 하는 일들이 보통의 상식선에서 진행되는 것이 아님을 어렴풋이 깨닫게 되었으니까.

나는 누가 되었든 내가 품게 된 의심을 털어 놓아야만 했어. 다만 그 누구가 누구냐가 문제였지.

엄마 아빠는 처음부터 탈락이었어. 아니, 엄마 아빠에게 어떻게 캐스팅버스가 있는 곳까지 갔다 왔다고 말할 수 있겠니?

그럼 에디는? 에디는 무슨 이유에서인지 며칠 전부터 나를 피하는 것 같았어. 에디는 이보랑 거의 붙어 다녔어. 갑자기 둘이 형제가 된 것마냥 말야. 내 짐작엔 아마도 야나와의 일을 겪으며 여자애들에 대한 모든 흥미도 함께 잃어버린 것 같았어. 아무튼 나를 대하는 태도가 이상하더라고.

예를 들어 다음과 같이 별 의미 없는 짧은 대화에서도.

"안녕." 내가 그 아이에게 인사를 해.

"안녕." 그 아이가 나의 인사에 답하여 인사를 해.

그런데 그게 전부였어. 그 다음엔 아무 말도, 정말이지 단 한 마디도 더 하지 않았어.

아니면 내가 그 애에게 이렇게 말해? "안녕, 잘 지내니?"라고.

그럼 그 애는 고개를 끄덕이고는 그냥 이 말만 했지. "안녕? 잘 지내." 이런 식으로 말이야.

메아리와 이야기하고 싶은 사람이 누가 있겠니? 그때부터 나도 에디와 거리를 두었어. 마음이 아팠지만, 난 누가 되었든 졸라서 뭘 하게 하고 싶지는 않았어.

나는 대중에게 '온 쇼'의 허점을 알리고 기자회견을 해야 하는 건 아닐까 하고 진지하게 고려해 본 적도 있었어. 하지만 아는 기자도 없었고, 누가 내 말을 믿어 줄까 싶었어. 결론적으로 영양가 있는 증거를 하나도 손에 넣지 못했으니까. 결국엔 내가 내 포인트를 잃은 다음에 그저 잘난 척하고 싶어서 그러는 것처럼 보일 수 있겠다는 생각이 들었고, 그래서 대중에게 공개하겠다는 생각을 미련 없이 접었어.

이런저런 생각 뒤에도 선생님들은 고려의 대상이 되지 않았어. 야나도 일단 제쳐 두었고. 내가 왜 하필 야나에게 자신이 속임수에 속아 넘어갔고, 순위가 조작되었고 사기를 당한 거라는 이야기를 해야 하지? 야나 스스로 속임수를 썼고, 조작했고, 사기를 쳤는데……. 그뿐 아니라 설령 내가 그 아이에게 이 사실을 털어놓으려 했어도, 그게 쉽지는 않았을 거야. 우선은 그 애를 만나야 얘기를 하든 말든 할 텐데 만날 수가 없었거든. 야나는 학교처럼 중요하지 않은 것에 시간을 쏟는 대신 '경력' 쌓는 일에 훨씬 더 열중하는 것 같았어. 불규칙하게 등교를 했고, 학교에 오더라도 대부분 밤을 꼬박 새고 온 것 같았지. 예를 들면 생물 시간엔 맨 뒷자리에서 졸기만 하다가 간 적도 있었어. 둘째, 내가 야나의 성스러운 '온 쇼'에 대해 감히 비판적인 말을 하면, 야나 슈퍼스타가 내 얼굴에 대고 무섭게 화를 낼 게 확실했지. 그리고 셋째, 이것이 가장 중요한 이유라고 할 수 있는데, 내가 야나에게 내 포인트를 몰아 준 뒤로 나는 그 애에게 완전히 잊혀진

존재가 되었다는 거야. 심지어 며칠 전엔 내 옆자리를 피해 아이들에게 가장 인기 없는 교탁 앞자리에 가서 앉았지. 그 애는 보란 듯이 나를 못 본 척하며 지나쳤어.

그런데 '온 쇼' 회원 투표를 앞둔 금요일이었어.

야나가 분개한 얼굴로 체육관 탈의실로 달려왔어. 그러더니 다른 애들이 보는 앞에서 나에게 고래고래 소리를 질렀지.

"너 이 나쁜 계집애!"

나는 담담하게 옷고리에 내 옷을 걸었어. 결론적으로 말해 나는 다른 아이들에게 나의 벌거벗겨진 모습을 보여 주고 싶지 않았거든. 분명히 아이들도 우리 둘이 더 이상 베스트프렌드가 아니라는 걸 알고 있었겠지만. 그런데도 아이들은 늘 그랬듯 우리 둘이 무슨 말을 하든 못 본 척하며 무시했지.

야나는 우리 반 여자애들을 불안한 눈길로 바라보며 화난 목소리로 낮게 말했어.

"너, 나와!"

그 말과 동시에 내 체육복을 움켜쥐고는 옆에 있는 샤워실로 나를 끌고 가더니 제 몸으로 문을 막았어. 갑자기 나는 불쾌해졌어.

"내가 네 속내를 모를 줄 아니?"

야나의 숨결에서 지독한 담배 냄새와 커피 냄새가 풍겼어.

"난 네가 뭘 하려는지 정확히 알고 있어!"

나는 한 마디도 이해할 수 없었어.

"너, 무슨 얘길 하는 거니?"

나는 그 애를 뿌리치려고 했지만, 그 애는 더 단단히 내 체육복을 움켜쥐었어.

"아프단 말이야!"

나는 그 아이의 꺼멓게 번진 마스카라 자국을 보았어.

"너, 이제 이길 수 없으니까 나랑 같이 떨어지자는 거니, 엉?"

야나는 경멸하는 눈길로 나를 위아래로 훑어보았어.

"네 포인트가 없으면 너는 별 볼일 없는 존재일 뿐이야. 여드름투성이 얼굴에 스타일 없는 통통한 계집애. 치아 교정기를 낀 진짜 별 볼일 없는 애일뿐이라고."

그 말을 마치자, 야나가 갑자기 비명을 지르며 손을 치켜들고 위협적으로 말했어.

"자, 인정해 보시지!"

나는 놀라서 나도 모르게 팔을 들어 이마 근처로 가져갔어. 본능적으로 머리를 보호하려고 했나 봐.

"도대체 뭘 인정하라는 거야?"

나는 울부짖었어.

"감시 카메라 동영상 사건."

야나는 화가 나서 침까지 튀기면서 말했지.

나는 도무지 무슨 말인지 이해할 수 없었어.

"대체 무슨 동영상인데 그래?"

"내가 가게에서 선글라스를 훔쳤다고 하는 그 비디오 말이야. 네가 그거 온라인에 올렸잖아! 어떻게 그럴 수 있어? 말해, 어서!"

"그, 그거 내가 안 했어⋯⋯."

나는 더듬거리며 말했어. 눈물이 폭포처럼 얼굴로 흘러내렸어.

"그날 가게 안엔 너밖에 없었어. 내가 10위 안에 들지 못하도록 할 사람은 너밖에 없어. 너의 그 못된 동영상이 벌써 인터넷 곳곳에 떠돌고 있다고."

야나가 양손으로 나를 쳤어.

누군가 문을 열려고 했지만 야나는 꿈쩍도 않고 문이 열리지 않도록 버텼어. 그러곤 큰 소리로 외치며 쾅 소리가 나게 문짝에 주먹을 날렸어.

"꺼져! 여기 사람 있으니까!"

다시 손잡이 돌리는 소리가 났어.

"당장 문 열어라."

체육 선생님의 목소리였어. 나에게 그것은 구조 신호였지.

정말 이젠 끝이야.

월요일 날, 야나는 4위 자리에 착륙했어. 넌 기적을 믿니? 난 아니야. 결국 저 유치한 속옷 논쟁처럼 이 절도 동영상 사건이 야나에게 유리하게 작용한 것 역시 우연일 리 없었지. 야나는 '온 쇼'에 선글라스를 샀다는 영수증을 제출했는데, 나로선 무슨 꿍꿍이인지 전혀 알 길이 없었지. 그 영수증은 어디서 났을까? 그걸로 무엇이 증명되었다는 거지? 그리고 진짜로 그 동영상을 공개한 건 누구였을까?

사실 이 모든 일들은 내가 전혀 신경쓸 필요가 없어. 어쨌든 나는 이제 야나와는 끝난 사이니까. 내가 야나를 알게 된 뒤로 야나는 늘 나를 이용했고, 조롱했고, 속였고, 욕했고, 나에게 죄를 덮어씌웠고, 내 마음을 아프게 했어. 그리고 결국엔 나를 공격했지. 그렇게 했는데 친구라고? 절대로 야나의 꼬임에 다시는 걸려들지 않으리라, 나는 내 자신에게 맹세했지. 더 이상 야나와는 아무런 관계도 맺지 않겠어. 이젠 끝이야, 영원히. 인생 공부 한 번 잘했네.

그런데 갑자기 내 휴대전화가 울렸어. 화면에 뜬 발신자 번호를 보니 놀랍게도 야나였어. 나는 아무 말도 하지 않고 잠자코 기다렸어.

"카, 카로? 너, 아직 거기 있니? 여보세요?"

"왜 그러는데?"

나는 코를 훌쩍이며 말했어.

"너한테 사과하려고. 최근에 벌어진 일 말이야, 정말정말 미안하다. 그 동영상 사건 때문에 난 정말 끔찍하게 스트레스를 받았었거든."

야나가 우울한 듯 말했어.

잠시 내 대답을 기다리는 눈치였지만, 나는 아무 대답도 하지 않았어. 그러자 야나가 이어서 말했어.

"네가 이젠 나랑 친구하지 않으려고 한다는 거 잘 알아. 하지만 마지막으로 너와 얘기를 나누며 진상을 밝히고 싶어서 전화했어. 그런 다음에 네가 원한다면 그때 가서 우리 각자의 길로 가자."

나는 계속해서 잠자코 있었어.

"물론 나도 분명히 알고 있어. 내가 너한테 했던 태도와 행동들은 돌이킬 수 없다는 거."

야나는 주저하지 않고 딱 잘라 말했어.

"하지만 나는 적어도 시도는 해 보고 싶어. 그래서 너를 초대할까 해. '온 쇼'에서 열 명의 후보자들에게 루벨라 클럽에서 저녁 시간을 보내도록 지원해 준대. 각자 친구를 한 명씩 데리고 올 수 있어."

"왜 그냥 레니랑 가지 그러니?"

나는 그르렁거리며 말했어.

"으응, 그게 말이지……."

야나는 선뜻 말을 하지 못했어.

"레니는 이제 옛날이야기가 되었어. 그건 나중에 말해 줄게. 그럼 우리 내일 저녁 8시에 루벨라 클럽 입구에서 만나는 거다, 오케이? 원한다면 날 한 대 때려도 좋아. 난 진짜 얻어맞을 짓을 했으니까."

나는 곰곰이 생각했어. 처음으로 야나가 나에게 사과를 한 거였어. 하지만 야나 같은 아이가 정말로 변할 수 있을까? 그리고 다시는 야나와 엮이거나, 야나의 꼬임에 넘어가지 않겠다는 나의 결심은 어떻게 해야 할까?

"카로, 제발! 제발 와 줘!"

야나는 이제 마구 조르며 이렇게 말했어.

"그리고 올 거면, 예쁘게 입고 와."

완전히 변한 야나

나는 루벨라 클럽의 유리문에 비친 내 모습을 만족스럽게 바라보았어. 나는 내게 있는 가장 멋진 옷들을 꺼내 입었어. 은색으로 윤기가 흐르는 치마에, 새로 산 검정색 탑과 토슈즈처럼 생긴 단화를 신었지. 그리고 허리에는 엄마의 허락을 받지 않고 빌린 넓은 벨트를 맸어. 딱 야나 스타일이었어. '온 쇼' 로고가 박힌 운송 차량이 길가에 주차되어 있었어. 다행히 야나는 벌써 와 있는 모양이었어. 나는 늦어도 7시경엔 집에 들어가야 했기 때문에 야나와 5시에 만나기로 했거든.

그래, 그래. 나를 저능아라고 불러도 좋아. 멍청이라고 불러도 좋아. 실수를 통해 아무것도 배우지 못한 백치라고 불러도 좋아. 클럽 앞에서 나는 왜 야나의 부탁을 받아들였을까 곰곰이 생각해 보았어. 틀림없이 호기심이 큰 작용을 했던 것 같아. 물론 최종 선발전에 올라온 '온 쇼'의 후보자들이 어떻게 지내는지, 숨소리가 들릴 정도로 가까이에서 직접 보고 싶기도 했고. 나는 내내 내 자신에게 물어보았어. 승리를 바로 코앞에 둔 기분은 어떨지……. 사실 나도 오랫동안 승자가 되기를 꿈꾸어 왔던 몸이니까. 그 밖에 또 내가 야나의 부탁을 들어준 이유는 열네 살의 나이에, 베를린에서 사람들이 즐겨 찾는 클럽들 가운데 한 곳에 발 들일 수 있는 기회를 언제 얻겠냐 하는 마음도 있었지.

하지만 실은 이런 것들보다 훨씬 더 중요한 이유가 있었어. 어쩌면 너는 그걸 순진하다고 생각할지도 몰라. 하지만 이건 내가 지금도 굳게 믿고 있는 원칙인데, 누구에게나 잘못을 만회할 기회는 다시 한 번 줘야 하고 그건 가치 있는 일이라는 거야. 누구에게든 두 번째까진 기회를 얻을 자격이 있는 거지. 내 말 한 번 믿어 봐, 지금 나는 그 어느 때보다 정신이 멀쩡하니까. 코르프바일러 선생님, 이보의 아빠와 이보. 이 사람들은 모두 나에게 한 번 더 기회를 주었어. 그러니 야나라고 왜 안 되겠어? 내가 이제 잃을 게 뭐가 있겠어? 그것이 또다시 야나의 개념 없는 장난들 중 하나로 밝혀지면, 당장 그곳에서 나오면 그만인걸.

나는 기다리고 기다리고 또 기다렸어. 좋아, 내가 긴장해서 15분 정도 일찍 도착한 건 그렇다 쳐. 하지만 약속 시간인 5시가 되었는데도 야나는 나타나지 않았어. 5시에서 20분이 지나자 나는 핸드백에서 휴대전화를 꺼내 야나에게 전화를 걸었어. 그러나 자동 응답기만 돌아갈 뿐이었지. 나는 전화를 끊었어. 5시 반이 되어서도 야나가 나타나지 않으면, 그냥 집으로 가려고 단단히 벼르고 있었어. 나는 자그마치 일곱 번도 더 전화를 했어. 그리고 여덟 번째 전화를 했을 때, 그러니까 6시 15분 전에 야나가 옷자락을 사각거리며 클럽에서 불쑥 나왔어.

"너, 밖에서 뭘 하고 있니?"

야나는 놀란 얼굴로 물으며 나를 포옹했고, 양 볼에 키스하는 시늉을 했어. 야나는 가슴이 깊게 파인 초록색 여름 원피스에 목덜미에 번쩍이는 가루를 뿌리고 화려하게 화장을 했더라.

"네가 그랬잖아. 5시에 클럽 앞에서 만나자고."

나는 비난하는 말투로 말했지.

"그럴 리가! 분명 네가 잘못 알아들었을 거야. 하지만 그게 무슨 상관이야? 중요한 건 네가 지금 여기에 와 있다는 거지."

야나는 내 팔짱을 끼고 클럽 안으로 나를 이끌었어. 커다란 화분 옆에 '오늘은 비공개 모임입니다.'라는 표제와 함께 두 명의 '온 쇼' 관계자가 서 있었어. 편안한 전자음악이 클럽 안에서 흘러나왔지.

"가방을 맡기시지요, 손님."

양복과 넥타이 차림의 문지기가 나에게 존댓말을 하고는 옷 보관소를 가리켰어.

나는 불안해하며 야나를 보았어.

"괜찮아. 이곳에선 카메라와 휴대전화가 모두 금지되어 있어. 이유는 너도 생각해 보면 잘 알 수 있을 거야……."

야나가 옷 보관소에서 일하는 직원에게로 나를 안내했어.

"안심하고 가방은 여기다 맡겨. 나도 그렇게 했어."

야나가 차분한 목소리로 설명했어.

야나가 그렇게까지 말하니 가방을 맡기지 않을 수 없었지.

긴 책상 뒤에 있던 여직원이 번호가 적인 분홍색 표를 내 손에 쥐어 주었어. 여직원이 빈 옷걸이에 내 가방을 거는데 그 순간 문자 메시지 알림음이 들렸어. 하지만 나는 핸드백을 다시 돌려 달라고 말할 용기가 나지 않아.

"너, 클럽에 와 본 적 있니?"

야나가 그렇게 물으면서 기분이 좋은지 팔짱을 꼈어. 나는 고개를 가로저었어. 클럽의 분위기에 살짝 주눅이 들어 아까 왜 흥분해서 화를 내고, 단단히 벼르던 것이 무엇이었는지를 잊어버렸지.

"여긴 정말 대단해. 이곳엔 레스토랑이 있고, 밖엔 테라스, 아래 지하엔 디스코텍이 있어."

야나가 말했어.

한참이 지나서야 나는 어스름한 실내조명에 눈이 익숙해졌어. 둥근 탁자들 중 일부는 약간 높게 턱이 진 곳에, 또 일부는 바닥 깊이 내려간 곳에 놓여 있었지.

탁자 사이사이마다 얇은 흰색 커튼이 쳐져 있어 얼마 안 되는 손님들을 서로 분리시켰어. 야나가 다른 후보들의 친구들은 7시나 8시경에야 올 거라고 막 설명을 하던 중에, 청바지에 흰 셔츠 그리고 검은 상의를 입은 한 남자가 우리에게 다가왔어. 그는 내 손을 꽉 잡고 악수를 했지.

"네가 카로로구나. 나는 '온 쇼'의 파비앙 폰 슈트렐리츠라고 한단

다."

남자가 상냥하게 인사를 건넸어.

나는 놀라서 한마디도 하지 못했어. 그는 중계차에서 본 그 대머리와 함께 있던 사람이었어.

"야나가 너에 관해 좋은 말을 많이 해 주더구나."

그렇게 말한 다음 그는 우리 뒤쪽을 보며 뭔가를 찾는 것 같았어. 그러더니 조금 어리둥절한 표정으로 물었어.

"너, 혼자 왔니?"

나는 신경질적으로 고개를 끄덕였어. 혹시 이 사람, 중계차에서 안전 요원과 함께 있던 나를 본 건 아닐까?

"너희 둘 다 할 이야기가 많을 것 같구나."

파비앙이 다 이해한다는 듯 미소를 지었어.

"자, 너희들이 앉을 곳으로 안내하마."

우리는 레스토랑을 가로질러 하얀색 파라솔이 있는 우아한 테라스를 향해 갔어. 목재로 된 바닥엔 물을 꽉 채운 여러 대의 터키석 색상의 수조가 있었고, 그 안에는 살집이 두툼한 희한하게 생긴 물고기들이 헤엄을 치고 있었어. 나는 혹시나 실수로 수조에 빠지지 않을까 조심, 또 조심해야 했어. 곳곳마다 대형 화분들이 세워져 있었고, 음식 냄새가 유혹하듯이 코끝을 찔렀지. 주변을 둘러보다가 나는 식탁가에서 흰 모자를 쓴 요리사 두 명을 발견했어. 그들은 은으로 된 다양한 집게를 들고 이리저리 분주하게 움직이고 있었지. 파비앙은 후

미진 가장자리에 있는 탁자로 우리를 안내했어. 슈프레강의 지류가 보이는 자리였지.

"이제 드디어 우리끼리 이야기할 수 있게 되었구나."

파비앙이 가고 난 뒤 야나가 한숨을 쉬며 말했어.

"난 당장 뭐 좀 마셔야겠다. 너도 마실래?"

"너랑 같은 걸로 마실게."

소형 모터보트들이 통통거리며 강 위를 지나갔어. 건너편에도 이곳과 마찬가지로 테라스를 갖춘 레스토랑이 있었어.

야나가 커다란 유리잔 두 개를 들고 왔어.

"이게 뭐니?"

나는 혹시나 싶은 마음에 물었지.

"과일주스 칵테일. 맛있어. 알코올은 안 들어갔어."

나는 잠시 냄새를 맡아 보았어. 파인애플과 코코넛 그리고 박하향이 났지.

야나가 웃으며 말했어.

"걱정 마. 혹시 그 사건을 떠올리고 있는 건 아니지? 아무튼 보드카는 한 방울도 안 들었으니까."

나는 조심스럽게 한 모금 삼켜 보았어. 정말 맛있더라. 맛을 확인하고 나니 마음이 한결 놓였지.

"나, 너한테 사과하고 싶어."

야나가 본론으로 들어갔어.

"카로, 그동안 너한테 진짜 신물이 날 정도로 못되게 굴었던 것 같아."

나는 '이 듣도 보도 못한 생소한 말투는 뭐지? 완전히 딴사람 같네.'라고 생각하며 말했어.

"네가 그렇게 말해 주니, 반갑다."

"그래, 그래. 나도 알아."

야나는 칵테일 잔에서 작은 장식용 우산을 뽑았어.

"최근에 탈의실에서 너에게 겁주었던 것 말이야. 정말이지 내가 너무너무 나빴어. 신경이 곤두서서 그랬나 봐. 그 재수 없는 동영상 때문에 정신이 완전히 가출했었거든. 그러다 보니 정말 눈에 뵈는 게 없었어."

"그 속옷 사건 때처럼 말이지."

나는 아무런 감정도 없이 확인하듯 말했어.

"그런데 그 동영상은 누가 올린 거니?"

"파비앙 아저씨의 짐작으로는 그 가게에서 고객을 끌려고 직접 올린 것 같대. 이제 '온 쇼'의 변호인단에서도 관심을 갖고 그 문제를 살펴볼 거래. 심한 명예 훼손이나 뭐 그런 비슷한 명목으로. 카로, 그 동영상 사건을 네 탓으로 돌린 거, 미안해. 그 일은 정말 깊이 뉘우치고 있어. 최근 들어 너를 심하게 막 대했던 거, 나도 알아. 하지만 내가 지금 했던 말을 믿어 줬으면 해. 나, 내가 한 행동들 때문에 부끄러워서 고개를 못 들 정도야."

"어떻게 이렇게 현명한 깨달음에 이르게 됐는지 궁금하네."

나는 비꼬아 말했어.

야나는 신경질적으로 칵테일 잔을 이리저리 흔들었지.

"내가 아까 레니에 관해 말했었잖아."

나는 빨대에 손을 뻗으며 고개를 끄덕였어.

"그동안 레니는 반복적으로 나에게 강조했었어. 모두가 경쟁자라고. 심지어 친구조차도 그렇다고. 결국 나는 누구를 만나든 믿지 않게 되었지. 특히 널. 네가 절대로 그런 동영상을 게시할 애가 아니라는 걸 알아차렸어야 하는데……. 하지만 이젠 알아. 레니가 포토 스튜디오의 성공을 위해 나를 이용했을 뿐이라는걸. 나 혼자 그의 장단에 놀아난 거지. 어쩌면 그 멍청한 동영상도 레니가 올렸을지도 몰라."

야나는 진지한 얼굴로 나를 바라보며 말했어.

"내가 레니와 연락을 끊은 뒤에 문득 나를 위해 항상 곁에 있어 준 건 너밖에 없다는 걸 깨달았지."

야나는 어색하게 억지웃음을 지었어.

"늦긴 했지만, 하나도 깨닫지 못한 것보단 낫지 않니?"

갑자기 내 속에 있던 모든 분노가 한꺼번에 끓어 올랐어.

"너는 우정이 어떤 의미인지 전혀 모르는 것 같아. 진정한 우정은 상대방을 진심으로 대하고, 그 사람을 믿어 주는 거야."

나는 분개하며 대답했어.

그런 다음 나는 야나에게 최근에 내가 어떻게 지내고 있는지, 그리고 야나의 행동이 나에게 얼마나 깊은 상처를 주었는지 이야기했지. 몇 분 동안이나 나는 가차 없이 야나의 잘못에 대해 말했어. 야나는 내 이야기를 중단시키지 않고 주의를 기울여 들었어. 야나는 이상하리만치 차분했어. 내가 이야기를 마치자 이 말밖에 하지 않았지.

"난 정말로 나쁜 애였어. 이제 네가 나를 미워해도, 진짜 널 이해할 수 있을 것 같아."

그래서 나는 야나의 참을성을 시험해 보리라 결심하고, 캐스팅버스에서 겪었던 일을 들려주었어. 그리고 내 생각엔 파비앙과 그의 동료들이 결과를 조작하는 것 같다고 했지. 나는 적어도 이쯤 되면 야나가 자제력을 잃고 내가 야나가 성공하길 원하지 않아서 그러는 거라고 소리를 지르리라고 짐작했어. 그러나 아무 일도 벌어지지 않았어.

"그건 못 믿겠다. 그 사람들은 전부 전문가들이야. 자신들이 해야 하는 일을 정확히 아는 사람들이라고."

야나는 그렇게 침착하게 말했을 뿐이었어.

"그 사람들이 너에 대해서도 말했어."

"아, 그래? 무슨 말을 했는데?"

"네 가슴이 너무 작다는 말, 그리고 너의 수술비를 대 주고 싶다는 말."

"너, 돌았구나."

야나는 화가 난 게 아니라 놀란 것 같았어.

"그럴 리가? 이거 진짜야. 맹세할 수 있어."

나는 야나의 말을 반박했어.

"대박이다. 우리끼리 이야기인데, 나도 내 가슴이 너무 작다고 생각해."

야나가 환한 얼굴로 말했어.

"너, 그 사람들이 한 말이 좋은가 보다?"

나는 그저 놀라울 따름이었어.

"그야 당연하지! 얘, 어떤 여자가 가슴 수술을 마다하겠니?"

야나는 즐겁게 히죽 웃어 보였지.

나는 야나의 반응에 얼마나 기가 막혔는지, 칵테일 잔에 든 주스를 한 번에 다 비웠어.

"자, 이제 내 얘기는 충분히 한 것 같다. 솔직하게 다 말했고. 그럼 이제 내가 너한테 뭘 좀 물어봐도 되겠니?"

야나가 잠시 뜸을 들인 후에 말했어.

"당연하지."

"너와 에디 사이는 어떻게 되고 있니?"

나는 놀라서 눈을 동그랗게 뜨고 물었어.

"어떻게 되긴 뭐가 어떻게 돼?"

"너희들, 사귀는 거 아니었어?"

"아냐, 절대 아니야! 어떻게 그런 뚱딴지 같은 생각을 다 했니?"

야나는 그럴 리가 없다는 듯 웃어 보였어.

"그거야, 그 애가 널 바라보는 눈길과 네가 그 애를 바라보는 눈길을 보면 알 수 있지."

나는 당혹스러운 나머지 손으로 입을 가렸어.

"너, 그 애한테 반했구나?"

야나는 계속해서 내 말을 오해했어.

나는 양쪽 뺨이 달아오르는 게 느껴졌어.

"아, 아니."

나는 중얼중얼 부인하고는 헛기침을 했지.

"어쨌든 너, 에디 좋아하지? 에디 그 아이, 진짜 귀여운 구석이 있잖아."

나는 소심하게 고개를 끄덕였지.

"1부터 10까지 숫자로 매긴다면, 얼마만큼 좋아하는 것 같니?"

나는 가만히 생각해 보았어.

"아마 8정도?"

나는 그렇게 말하곤 헛기침을 한 다음 이렇게 덧붙였지.

"아니면 9."

"내가 이럴 줄 알았다니까!"

야나는 의기양양한 표정으로 의자에 등을 기대었어.

"카로, 너, 그 애한테 완전히 푹 빠진 거야. 내 말 믿어도 좋아."

"내, 내가? 그럴지도 모르지……."

나는 말까지 더듬었어.

"그런데 너는 정확히 그 애의 어떤 점이 그렇게 좋으니?"

나는 원래 그 아이가 하는 모든 행동과 기분 좋을 때의 모습, 심지어 그 아이의 어리석은 농담까지도 좋아했어. 하지만 내가 입 밖에 낸 말은 '그 애의 모자'가 전부였어.

시계를 보니까 벌써 6시 반이더라.

"이제 집에 가야겠다."

나는 서둘러 말하고는 의자를 뒤로 밀치고 자리에서 일어났어.

야나는 나를 출구까지 데리고 가서, 내 쪽지를 옷 보관소에 제출했어. 그러곤 내 가방을 건네는데, 마치 나를 초대한 여주인 같았어.

"이렇게 서로 이야길 나누게 되어서 기뻤어."

야나는 그렇게 말하고 다시 내 오른쪽과 왼쪽 뺨에 뽀뽀하는 시늉을 했어.

"이렇게 속마음을 털어놓으니까 속이 다 후련한 게 정말 좋은 것 같다. 우리, 다시 친구인 거지?"

지하철 안에서 나는 우리가 나누었던 대화에 대해 오랫동안 곱씹어 보았어. 겉모습으로만 본다면 야나는 진지했어. 어쨌든 그 모든 것들이 전부 연기였다는 건 상상할 수 없었지.

그러다 문자 메시지가 생각났어. 그 메시지 외에 두 통의 메시지가 더 와 있었지. 모르는 전화번호였어.

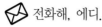 전화해, 에디.

에디 엄마의 휴대전화 번호가 틀림없었어.

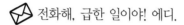 전화해, 급한 일이야! 에디.

그런데 얘, 무슨 의도로 문자를 보낸 걸까? 서로 말도 안 하다시피 하면서. 이제 와서 성가실 정도로 두 번이나 문자 메시지를 보내다니! 그런 생각을 하는데, 마지막 문자 메시지에 이런 내용이 적혀 있더라.

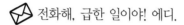 루벨라 클럽에 가지 마. 야나가 나한테도 물어봤어. 그거 함정이야. 에디.

야나가 에디에게도 물어봤었다고? 왜? 나는 즉시 메시지가 온 번호로 전화를 걸었어. 에디의 엄마가 전화를 받자, 나는 잠시 멈칫했지. 하지만 에디의 엄마는 아주 상냥했어.
"에디는 지금 밖에 나갔어. 하지만 곧 돌아올 거야. 내가 뭐 전해 줄 말 있니?"
갑자기 아주 불쾌한 느낌이 엄습해 왔어. 지하철에서 내리기가 무섭게 나는 할 수 있는 한 빨리 집으로 달려갔어.
"너, 대체 어딜 갔다 온 거니?"

요란하게 치장한 나를 보자 엄마가 물었어.

"에디가 지금 널 백방으로 찾는 중이다. 처음엔 전화를 하더니, 안 되겠는지 직접 찾아오기까지 했더라. 무슨 일인지 급해 보였어. 너, 또 무슨 어려운 일을 당한 건 아니지?"

"잘은 모르겠지만 아닐 거야."

나는 그렇게 큰 소리로 말하고는 급히 방으로 들어갔어. 방에 들어온 즉시 노트북 전원을 켰어. 혹시 에디가 이메일을 보냈을 수도 있으니까. 하지만 메일함엔 아무것도 없었지. 나는 미심쩍은 마음으로 '온쇼'에 로그인을 한 다음, 야나의 사이트로 들어갔어.

사악한 늑대의 진짜 이야기

동영상에는 진짜로 보기에 안타까운 한 소녀가 있었어. 갓 사 입은 듯 보이는 소녀의 웃옷 뒷면으로 가격표가 비쳐 보였어. 하지만 그건 약과였지. 그것보다 훨씬 더 심한 장면이 이어졌으니까. 소녀는 웅얼거렸고, 말을 더듬었고, 얼굴이 빨개져선 립스틱을 얼굴 반쪽에 뭉개어 번지게 한 줄도 모르고, 어린아이처럼 얼굴을 계속 문질러댔지. 뒤이어 '아마도 8이나 9정도.'라거나 '그 애의 모자.'와 같은 말을 했어.

이 멍청한 여자애는 바로 나였어.

살면서 그렇게 부끄러웠던 적은 한 번도 없었어. 어떻게 나라는 아이는 그저 루벨라 클럽이라는 말에 현혹될 수 있었을까? 어떻게 야

202

나 슈퍼거미의 꾐에 다시 빠져들 수 있단 말인가? 나는 야나에게 포인트 풍년의 행운을 맞게 해 준 '온 쇼' 이용자들의 조롱 섞인 댓글들을 모두 읽었어. 그리고 나자 당장 책상을 박차고 일어나, 북극이나 아니면 그보다 더 먼 곳에 다다를 때까지 계속 달리고 싶은 충동이 일었지. 앞으로 갈색 종이 봉지를 머리에 뒤집어쓰지 않고는 시내를 다닐 수 없을 것 같았어. 지금부터 모든 사람들이, 정말 모든 사람들이 나에게 손가락질을 하며 큰 소리로 웃음을 터트리고, 죽어라고 웃어댈 게 뻔했으니까.

토요일 아침에 걸려온 에디의 전화는 그 일보다 더 놀라웠지. 나는 밤사이에 울고불고, 구르고, 욕하고, 다시 울며 밤의 절반을 보냈기 때문에 쉰 목소리만 겨우 나왔어.

"안녕, 홍당무. 좀 만나야겠다. 시간 있니?"

에디는 그 말만 했어.

나는 아무도 보고 싶지 않았어. 에디는 더더욱 만나고 싶지 않았지. 그래서 거짓말을 했어.

"다른 약속이 있어."

"그럼 그 약속 취소해. 정말 중요한 일이라서 그래."

에디는 전화를 끊지 않고 계속 말했어.

그래서 나는 옷을 걸쳐 입고, 만나기로 한 지하철 역으로 터덜터덜 걸어갔어. 처음에 나는 에디가 그 저주받을 동영상에 대해 모르고 있을 거라는 가느다란 희망을 품었었지. 하지만 에디도 나와 똑같이 탈

203

퇴하는 시늉만 했는지, 나를 보자마자 제일 먼저 액정이 깨진 아이팟을 코밑에 들이밀었어.

"이거 자세히 봐!"

"너, 날 괴롭히려고 여기까지 불러낸 거니?"

나는 신경질이 나서 물었어.

"아니, 그런 게 아니라……."

에디가 아이팟을 들고 공중에 휘휘 흔들었어.

"너한테 반드시 보여 줘야 할 게 있어서 그래. 그래서 네가 나온 동영상을 특별히 내려받기 한 거고."

"에디! 난 그거 더 이상 보고 싶지 않아!"

나는 또 눈물이 나려는 걸 꾹 참고 내뱉듯이 말했어.

에디는 내 말은 아랑곳하지 않고 망가진 화면을 손가락으로 가리켰어.

"너, 이 편집된 많은 장면들 보이니? 여러 각도에서 찍은 장면에 근접촬영까지. 보여?"

그러면서 에디는 알겠다는 듯 혀를 끌끌 찼어.

"궁금하다면 말해 주지. 이 장면들은 진짜 전문가들이 몰래카메라로 만든 작품이야."

나는 퉁퉁 부은 두 눈을 문질렀어.

"그런데 이 사실이 나랑 무슨 상관인데?"

지하철 갱도로 약한 바람이 불어 왔어. 곧이어 전철이 큰 소음을 내며 들어왔어. 우리는 전철에 올랐어.

"아직도 이해가 안 되냐? 이 일의 배후에는 '온 쇼'가 숨어 있다고. 다른 후보들의 동영상도 보았는데, 그 동영상에 올라온 사람들이 모두 이렇게 저렇게 '온 쇼'에 참여한 사람들이더라고. 완전히 보기 안쓰러울 정도로 민망한 것들이었어. 그러니까 넌 혼자만 당한 게 아니란 말이지."

"그럼 그 사람들이 내 동영상을 강제로 삭제하게 할 수 있다는 거니?"

에디는 나의 희망을 무너뜨렸어.

"그럴 가능성은 없어."

에디는 내 말에 부정적으로 대답했어.

"그들이 완벽하게 안전장치를 해 두었거든. '온 쇼'에 참여한 사람은 누구나 회원 가입을 할 때 모든 대외적인 공개에 동의한다는 조항을 밝혀 두었기 때문이지."

에디는 빈 좌석이 있는 곳으로 내 등을 떠밀었어.

"우리, 지금 어디로 가는 거니?"

내가 물었어.

"곧 보게 될 거야."

에디는 무슨 큰 비밀이라도 되는 듯 속삭여 말하고는 내 맞은편에 자리를 잡고 앉았어.

"그런데 너, 알아둬야 할 게 또 한 가지 있어. 이건 더 중요한 거야."

갑자기 에디가 짓궂게 나를 쳐다보았어.

"나는 그 동영상이 전부 나쁘지만은 않다고 생각해."

"말하긴 쉽지. 네가 21세기 최고의 멍충이로 인터넷에 떠돌아다녀 보지 않아서 그런 소릴 하는구나."

나는 그런 말을 하는 에디가 실망스러웠어.

"너, 이해가 안 되나 본데……."

에디는 잠깐 모자를 벗어 들고, 신경질적으로 머리카락을 쓸어 올렸어.

"그러니까, 나는 네가 그 동영상에서 한 말이 마음에 든다는 거야. 그것도 아주 많이. 그리고 내가 좋다면, 세상 다른 사람들이 그걸 보고 어떻게 생각하든 말든, 아무 상관없는 일일 수도 있지. 너도 그렇게 생각하지 않냐?"

나는 에디를 빤히 보았어.

"이거 또 내가 이해하지 못하는 너의 그 이상한 농담이라면……."

"농담 아냐."

에디가 당혹스러워하며 웃었어.

"나는 네가 야나만 바라보는 줄 알았는데."

"아, 걔?"

에디는 얼굴이 빨개져서 말했어.

"걔는 널 따라오려면 멀었지."

내가 잘못 들은 건가?

"진지하게 말하는데, 이 동영상이 아니었으면 나는 아직까지 네가 나에게 관심이 있기는 한 걸까, 궁금해하기만 하고 있었을 거야."

갑자기 내 심장이 방망이질하기 시작했어. 아주 크고, 아주 빠르게 말이야.

"하지만 너, 그동안 날 피하기만 했잖아!"

"내가 너를?"

에디는 손으로 이마를 쳤어.

"그건 내가 멍청이같이 네가 나를 싫어한다고 생각했기 때문이었어."

에디는 입꼬리가 귀에 걸리도록 씨익 웃었어.

"우리, 야나한테 그 동영상에 대해 고맙다고 해야 하는 거 아냐? 그렇긴 해도 그 동영상만은 어떻게든 막고 싶다."

"네 문자 메시지를 너무 늦게 발견한 탓이지……. 그래도 네 탓은 아니야. 어쩌면 나는 이렇게든 저렇게든 그 애가 던진 덫에 빠졌을지 몰라."

"그래. 안타깝게도 계속해서 네가 당했으니까. 그래서 내가 너에게 문자 메시지를 보냈던 거야."

내가 야나에게 수시로 전화를 걸지 않았더라면, 에디의 노력이 결실을 맺었을 텐데……. 진짜 타이밍 한 번 고약했다고 생각했지.

"그런데 야나가 왜 너도 초대하려고 했던 걸까?"

나는 궁금했어. 에디는 다시 모자를 쓰고는 천천히 모자를 뒤로 젖혔어.

"내가 간단히 요약해 줄게. 그리 멀지 않은 옛날에 한 사악한 금발의 늑대가 있었어. 그 늑대가 나에게 전화를 했지. 늑대는 엄청나게 풀이 죽은 목소리로 말했어. 내가 너한테 너무 못되게 막 대했던 것 같아. 에디, 내가 진짜 나쁜 계집애였어 등등. 사악한 늑대들이 모두 사용하는 바로 그 무기를 쓴 거지. 루벨라 클럽으로 초대한 것에 응하면 모든 일이 다 만회될 것 같지."

"나한테도 거의 똑같은 말을 했었어. 그런데 너는 왜 그 파티에 오지 않은 거니?"

"나도 거의 갈 뻔했지."

에디가 고개를 절레절레 저었어.

"원래 나는 8시까지 가면 됐어. 그런데 그 다음에 야나가 다시 전화를 걸어선 녹을 듯이 상냥하게 묻더라. 혹시 내가 5시까지 올 수 있는지……."

"왜냐면 내가 5시밖에 시간이 안 된다고 했으니까."

내가 소곤대며 말했어.

"우리, 내려야 해."

전철이 클라이스트 공원에 다다르자, 에디가 말했어.

"그래서 좀 이상하다는 생각이 들었고, 갑자기 가고 싶은 생각이 싹 사라졌어."

"너는 적어도 네 본능에 의지할 수라도 있었지."

나는 슬프게 한숨을 쉬었어.

"본능이라기보다 쓰디쓴 경험을 믿은 것이지."

에디가 바로잡았어.

"나는 그냥 지금까지 내가 야나 때문에 위험을 무릅써야 했던 것들을 전부 생각해 보았어. 그 애는 단 한 번도 나한테 고마워하지 않았고, 오히려 계속해서 나를 세상에 둘도 없는 못난 바보처럼 대했더라고. 그리고 나중엔 구입한 지 얼마 안 되어 새것이나 다름없는 내 아이팟을 헌 물건으로 만들어 놓았지."

우리는 계단을 올라갔어.

"궁금하다면 말해 주지. 그 애는 우리 둘을 함께 '온 쇼로 끌어들이려고 했던 거야."

그래서 그 파비앙이라는 작자가 나에게 혼자 왔느냐고 물었던 거구나 싶었어. 나는 중계차에서 내가 보았던 것들을 에디에게 얘기해 주었어. 그들이 어떻게 후보자를 선택하는지, 그들이 지원자들을 두고 얼마나 시시하고 불쾌한 말들을 하는지…….

"근본적으로 보면 야나와 이 더러운 인간들이 서로 득을 본 거지."

이것이 에디가 내린 유일한 평이었어. 그런 다음에 에디가 눈썹을 추켜올렸어.

"궁금하다면 말해 주지. 이제 복수해 주려고."

에디가 외관이 몹시 지저분한 한 건물을 가리켰어.

"다 왔다."

12층짜리 아파트가 여러 종류의 교통수단이 오가는 도로 위로 마치 거대한 다리처럼 이어져 있었어. 창이란 창에는 거의 모두 접시처럼 생긴 위성방송수신 안테나가 솟아 나와 있었어. 건물 아래로는 잠시도 쉬지 않고 자동차들이 붕붕거리며 지나다니고 있었지.

"여기엔 왜 온 건데?"

나는 무슨 영문인가 싶어서 물었어. 에디는 그 순간을 즐기는 것 같았어.

"이제 이 궁전에 누가 사는지 알아맞혀 봐."

나는 심드렁하게 어깨만 으쓱해 보였지.

"모르겠는걸."

"오케이. 그렇다면 내가 알려 주지. 여긴 야나 마리아라는 사악한 늑대가 살아."

"뭐라고? 그럴 리가 없잖아."

나는 에디의 말을 믿을 수가 없었어.

"가자, 따라 와."

에디는 건물 출입문으로 나를 데리고 갔어. 출입문 유리 한쪽은 유성 스프레이로 낙서가 되어 있었고, 다른 쪽 유리는 깨져 있어서 출입문을 향해 내려오는 계단이 곧바로 눈에 들어왔어. 계단 옆엔 바퀴가 떨어져 나간 망가진 유모차가 세워져 있었지.

"괜찮으시다면, 늑대의 빌라, 볼프 빌라를 소개합니다! 수영장은 없습니다. 바다도 요트도 없습니다."

"너, 드디어 돌았구나……."

"아니, 아주 진지해. 아니면 혹시 너, 이곳이 야나의 조그만 별장쯤 된다고 생각하는 건 아니지?"

에디가 초인종 옆에 '볼프'라고 휘갈겨 쓴 명패를 가리켰어.

"볼프라는 이름을 가진 사람들이 어디 한둘이니?"

나는 그렇게 말하면서 마음을 달래려고 했어.

"그건 그렇지."

에디는 내 말이 맞다고 인정했어.

"하지만 양호실 책장에 있던 야나의 아이폰 바로 옆에 이 주소가 적힌 쪽지가 있었어. 그때 전화기랑 이것도 함께 가져왔고. 왜인지는 묻지 말아 줘. 어제 그냥 호기심에 이 주소를 구글지도 검색창에 입력했더니, 바로 이곳이 뜨더라고."

"하지만 그때 '온 쇼'에서 야나네 빌라를 봤단 말이야!"

에디가 한숨을 쉬며 건너편에 있는 간이음식점을 가리켰어.

"자, 가자. 내가 팔라펠* 사 줄게. 그리고 먼저 아주 짧은 질문에 답해 주면, 그 다음에 어떻게 우리가 그 사악한 늑대를 늑대 고유의 무기를 이용해서 무찌를 수 있는지 설명해 주지."

"무슨 질문을 할 건데?"

"너, 정말로 내 모자에 푹 빠졌냐?"

---

*중동지방의 음식이나, 먹기 간편하여 독일에서도 인기가 많다. 병아리콩을 으깨어 경단처럼 빚어 빵 속에 야채와 함께 넣어 먹는다.

마지막 라운드:
사람들에게 네가 정말 어떤 사람인지 보여 줘!

일요일이었어. 나는 초인종을 눌렀어.

"누구세요?"

긴장한 것처럼 들리지 않게 하려고, 나는 숨을 깊이 들이마셨어.

"여기가 볼프 씨 댁이 맞나요?"

잠시 정적이 흘렀어.

"4층이에요."

그런 다음 딸깍 하고 현관문을 잠그는 소리가 났지. 엘리베이터를
탄 다음, 나는 누렇게 변색되고 군데군데 눌러 붙은 버튼을 눌렀어.
누군가 장난삼아 버튼에 대고 꽤나 규칙적으로 라이터를 켰다 껐다
한 모양이야. 에디와 나는 야나를 톡톡히 응징하기로 결정했어. 그때
까지는 야나가 슈퍼스타 앵커로서의 이미지를 조용히 쌓아 가도록 가
만히 두었지. 그래야 내가 곧 수천 명에 달하는 야나의 팬들에게 진

짜 야나 마리아 볼프의 모습을 보여 줄 테니까. 나는 굳게 결심하고 재킷 주머니에서 금이 간 에디의 아이팟을 꺼냈어. 그리고 혹시라도 실패할 경우를 대비해서 내 분홍색 카메라도 챙겨 갔지. 그러니까 실패하려고 해도 할 수가 없었어. 하지만 알록달록한 스티커가 덕지덕지 붙어 있는 초인종을 눌렀을 땐, 긴장이 되어서 입술을 깨물었지. 우리가 세운 계획은 한 치도 의심할 여지가 없이 훌륭했지만, 우리의 적은 강하고, 무자비하고, 혐오감을 주는 존재였으니까.

슬리퍼를 끌고 걸어오는 발소리가 점점 가까워지는 걸 듣자 넋이 나간 야나의 얼굴을 보게 될 생각에 조바심이 났어. 나는 한 손으로는 현관의 엿보기렌즈를 막고, 다른 한 손으로 아이팟을 그러쥐었어.

마침내 문이 열렸고, 그 순간 나는 '놀랐지!'라고 소리치며 아이팟 카메라를 겨누었지. 하지만 유감스럽게도 내 앞에 서 있는 사람은 야나 슈퍼스타가 아니라, 눈썹을 민 창백하고 짙은 금발 머리의 아줌마였어. 부인은 타월 천으로 만든 낡은 목욕 가운을 걸치고 솜 뭉치가 달린 분홍색 덧버선을 신고 있었어. 그러곤 화가 난 얼굴로 먼저 동영상을 찍는 아이팟을, 그리고 아이팟을 들고 있는 나를 보았어.

"너, 지금 장난하는 거니?"

"아, 아니요."

나는 말을 더듬으며 재빨리 아이팟을 끄려고 했어.

"아, 아니, 맞아요. 저는, 어, 그러니까요, 저는 카로라고 해요. 실은 야나를 보려고 왔어요. 만나기로 약속했거든요."

그러자 곧바로 이상하게 번들거리던 부인의 얼굴이 환해졌어.

"네가 카로구나……."

부인은 반갑게 말하고는 목욕 가운에 손을 문질러 닦았어. 그런 다음 나에게 손을 내밀었어.

"나는 야나의 엄마란다. 야나한테서 네 이야길 많이 들었다. 어서 들어와."

좁은 복도엔 전등갓도 없이 덜렁 전구 한 개만 매달려 있어 불빛이 약했고, 집 안에선 향수와 비누 냄새가 풍겼어. 차곡차곡 쌓아올린 상자엔 빈 병이 가득 담긴 비닐봉지가 있었지.

"정신없이 어지럽혀져 있어서 미안하구나. 내가 집에서 일을 해서 어쩔 수 없단다."

야나의 엄마가 거실로 들어가면서 말했어. 그리고 커다란 푸른색 가죽 의자를 비추고 있던 강한 불빛의 램프를 껐어. 가죽 의자의 생김새가 치과에서 치료 받을 때 앉는 의자를 떠올리게 했어. 의자 옆에 놓인 소형 탁자 위엔 속눈썹 컬러*와 손톱 손질용 줄, 단지처럼 생긴 여러 개의 작은 통들, 크림 통과 튜브가 놓여 있었어. 나는 메이크업을 위한 커다란 광고 브로마이드에 눈길을 주다가, 바로 그 옆에 걸려 있는 액자에서 자격증을 발견하고 황금색으로 각인된 '피부미용 관리사 자격증 반다 볼프'라는 글자를 읽었어.

---

*속눈썹을 찝어 눈썹을 말아 올리는 도구.

그 외에 아직 정리되지 않은 침대용 소파가 거실 한가운데에 떡 하니 공간을 차지하고 있었고, 텔레비전이 무음 모드로 켜져 있었지.

"잠깐만!"

야나의 엄마는 침대보를 낚아채더니 대충 접어 바구니에 거칠게 쑤셔 넣었어.

"오늘 따라 집이 좀 어수선해 보이네."

몇 번의 손놀림으로 야나의 엄마는 침대를 다시 보통 소파로 만들었어. 그러고는 웃으면서 내 손에 있는 아이팟을 가리켰지.

"야나도 그런 기기가 있어. 생각만 해도 끔찍해. 그 애도 꼭 너같이 한시도 손에서 휴대전화를 놓지 못하더구나."

볼프 부인은 이제 담배에 불을 붙이고는 목욕 가운을 여미면서 서둘러 빈병들을 끌어 모았어.

"뭘 좀 마실래? 콜라 있는데."

"콜라, 좋지요."

야나의 엄마가 털 덧버선을 끌며 밖으로 나간 다음, 나는 잠시 동상처럼 우두커니 서 있었어. 그러니까 그 세련된 화장 비법을 알려 주었다던, 그리고 내 수준에서 비용을 감당할 수 없다던, 이른바 좋은 친구라던 그 사람이 저 분이었구나 싶었지. 곧바로 나는 결심을 굳혔어. 임무를 완수해야 했거든. 나는 서둘러 거실 전체를 구석구석 빼놓지 않고 동영상으로 찍었어.

"어쩌지, 콜라가 다 떨어졌네. 주스 마실래?"

부엌에서 야나의 엄마가 큰 소리로 말했어.

나는 둥근 형광등이 달린 창 없는 부엌을 살펴보았어. 부엌엔 철제 뚜껑이 덮인 2구짜리 가스레인지와 전자레인지밖에 없었어. 볼프 부인이 냉장고 문을 열고 무릎을 굽히고 있다가 말했어.

"이런, 아이스티밖에 없네."

"아이스티라면 더더욱 좋죠."

나는 말했어. 부인이 지저분한 유리잔 한 개를 서둘러 씻었어.

"세상에!"

부인이 갑자기 큰 소리로 말했어.

"너, 아까 날 얼마나 놀라게 했는지 아니? 초인종이 울리기에 처음엔 내가 예약 손님이 있는 걸 잊었는 줄 알고 진땀이 나더라. 오늘은 일요일이고, 우리 피부 미용실도 당연히 문을 닫는 날인데 말이야."

부인은 담배를 입에 문 채로, 고개를 절레절레 저으며 아이스티를 따랐어. 차가운 형광등 불빛 아래에서 부인의 얼굴은 아까보다 훨씬 더 심하게 번들거렸지.

"세상에, 카로. 드디어 이렇게 너를 만나게 되다니, 정말 기쁘구나."

볼프 부인이 한숨을 내쉬었어.

"야나는 절대 누굴 집으로 데려오는 법이 없단다. 너희 집에서 그렇게 자주 자고 오는 걸 보면, 너희 둘은 진짜로 친한 친구 사이인가 봐. 그치?"

나는 침을 꿀꺽 삼켰어.

"야나는 어디 있어요?"

부인이 담배 든 손을 공중에 뻗으며 담배 연기로 지그재그 모양을 만들었어.

"너도 야나를 잘 알잖아? 집에 붙어 있지 않고 늘 돌아다니는 거. 하지만 약속을 했다니, 곧 집에 오겠지."

부인이 나를 바라보며 미소를 지었어.

"원한다면, 야나의 방에서 기다려도 돼."

야나의 엄마는 복도를 지나 곧바로 이어진 문을 열어 주었어. 2인용 침대와 조명이 달린 화장대가 있는 어른용 구식 침실이었어. 한쪽 벽면은 벽면 꼭대기에까지 달걀껍질 색상의 옷장이 차지하고 있었는데, 문짝 한 쪽이 떨어져 나가고 없었어. 침대 위엔 옷가지 몇 개가 놓여 있었는데, 딱 봐도 야나의 것이었어.

"야나는 당연히 자기만의 방을 갖고 싶어 하지."

볼프 부인이 미안해하며 해명하듯이 말했어.

"하지만 우리 집엔 방이 이렇게 두 개밖에 없고, 나도 어디든 내 물건을 둬야 하니까."

부인이 침대 탁자 위에 있는 재떨이에 담배를 눌러 껐어.

"언젠간 좋은 날이 오겠지."

부인이 헛기침을 하고는 말했어.

"금방 다시 올게. 얼른 뭐라도 좀 발라야겠다."

나는 당혹스러워 한참 동안이나 주변을 둘러보았어. 그러니까 야나 슈퍼스타가 이렇게 살고 있단 말이지.

　자, 내가 다시 자세히 설명해 줄게. 침대는 금방이라도 재활용 쓰레기로 처분해야 할 것 같았고, 옷장은 망가졌고, 침대 양옆에 놓인 탁자 위엔 모두 재떨이가 놓여 있었어. 벽지는 해질녘 풍경을 찍은 사진으로 도배했고. 셔츠와 원피스, 바지가 여기저기 어지럽게 널려 있었고, 몇 가지 옷은 아직 가격표가 그대로 달려 있었지. 조명이 달린 화장대의 거울엔 연예인 사진과 스케줄 표가 붙어 있었고, 화장대 위엔 화장품과 매니큐어, 가짜 장신구, 빈 담뱃갑 등이 아무렇게나 놓여 있었어. 그 사이에 노트북과 교과서 몇 권이 있었지. 정말 야나에게 복수하는 데 쓸 탄약으로선 손색이 없었지. 하지만 만족스러운 마음으로 찍은 사진을 확인하려다가 난 갑자기 망치로 한 대 얻어맞은 듯한 기분이 들었어. 내 바보짓은 언제 끝나려는지……. 아무것도 찍히지 않았더라고. 찍힌 것이라고는 엘리베이터 안에 있는 내 두 발과 거실에 있는 한두 점의 싸구려 그림, 방을 치우는 야나의 엄마, 창 없는 부엌에서 나눈 대화 그리고 야나의 방에서 찍은 흐릿한 사진들뿐이었어. 내가 또 버튼을 잘못 조작한 게 분명했어. 나는 녹화 버튼을 누르려고 할 때마다 걸핏하면 정지 버튼을 누르곤 했거든. 또 그 반대로, 녹화를 끝내려고 할 때면 녹화 시작 버튼을 눌러서 다시 녹화하곤 했지. 정말이지 그보다 더 멍청할 수는 없을 거야. 이제 어떻게 해야 하지? 시간은 저 혼자 마구 달려가는데……. 나는 짜증이 나서 재킷 주머니에 아이팟을 찔러 넣고는 서둘러 내 카메라를 꺼내어 사진을 몇 장 찍었지. 그런 다음 혹시 몰라서 사진들을 다시 한 번 확인했어.

"선명하게 잘 찍혔네."

나는 만족해서 중얼거리며 카메라를 토닥였어. 그때였어. 언제 왔는지 야나가 문가에 서 있었어. 언제나처럼 예쁜 모습이었지만, 놀라울 정도로 창백했어.

이제 좀 솔직해지는 건 어때?

"네가 어떻게 늙고 아픈 우리 이모가 사시는 곳을 다 찾아냈니?"

잠시 충격의 순간이 지나자 야나가 물었어.

"야나, 그만해! 저분이 너희 엄마이고 두 사람이 여기서 함께 산다는 거 다 알아."

나는 피곤해하며 대꾸했어.

야나는 문틀에 뻣뻣하게 선 채로 가만히 있었어. 그러곤 목소리를 깔고 화난 말투로 말했어.

"내가 방금 너한테 얘기했지. 우리 늙은 이모는 아프다고. 정신병이야. 우울증이지. 약에 의존해서 자기만의 세계에 빠져 살아. 이해하겠니? 난 가끔씩 이모네 집에 들려. 아니면 이모를 위해 몇 가지 장을 봐 드리거나."

나는 황당해서 웃음이 나왔어. 제 버릇 개 못 준다고, 모든 일이

다 밝혀졌는데도 계속 거짓말을 하다니!

"대체 뭐가 그렇게 우습니?"

야나는 화가 나서 길길이 날뛰었어.

"그래, 그럼 네 말이 맞다고 치자. 이곳 여기저기에 네 옷이랑 신발 같은 게 널브러져 있는 건 왜일까?"

야나는 나의 이 질문에도 틀림없이 적당한 말을 생각해 내서 둘러 댔을 거야. 하지만 바로 그 순간에 볼프 부인이 나타났어. 잘 차려입고 방금 화장을 한 얼굴로 말이야. 부인은 다정하게 딸의 목덜미를 감싸 안았어.

"우리 딸, 말해 봐! 내가 예쁜 우리 두 아가씨들에게 뭐 먹을 것 좀 만들어 줄까?"

야나는 거칠게 포옹을 풀고는 말했어.

"날 좀 가만히 두면 안 돼?"

야나는 엄마에게 호통치듯이 말하고는 서둘러 방으로 들어온 다음, 쾅 소리가 나도록 문을 세차게 닫았어. 나는 이런 야나의 행동이 볼프 부인을 화나게 하고 이제 곧 한바탕 언쟁이 일어날 거라고 짐작했어. 그런데 아무 일도 일어나지 않았어.

문은 닫힌 채로 그대로 있었어.

야나가 내 카메라를 가리키며 말했어.

"보아하니, 사진 좀 찍은 것 같다."

"아니라고 말하진 못하겠다."

나는 가능한 침착하게 대답했어.

야나가 팔짱을 끼더니 말했어.

"그럼 묻자. 그 사진으로 뭘 하려는 건데?"

"그건 아직 생각 중이야."

"그거 공개할 거니?"

"두고 봐야 알겠지."

야나가 아랫입술을 깨물었어.

"그걸…… 공개 못 하게 방해를 받는다면?"

나는 잠시 잠자코 있다가 말했어. 제안을 한 거지.

"분위기도 바꿀 겸, 이제 좀 솔직해지는 건 어때?"

야나는 생각에 잠겨 손으로 금발 머리를 쓸어 넘겼어.

"그래, 좋아. 네가 이겼어. 나, 여기 살아."

야나는 화장대 앞에 있는 의자 위에 앉았어. 그러곤 높은 굽의 검정색 부츠를 벗었어.

"이제 만족하니?"

"아니. 그건 이미 내가 알고 있는 거고. 인터넷에 올린 네 가짜 사진들이랑 빌라 사진은 어디서 난 거니?"

나는 천천히 침대 가장자리에 가서 앉으며 말했어.

"그건 가짜가 아니야."

야나는 극구 아니라고 주장하였어. 그러곤 발을 주무르며 마사지하기 시작했어.

"우린 얼마 전까지 진짜로 거기에 살았었어. 그런데 우리 아빠가 하필이면 스물두 살짜리 제작사 조연출과 사랑에 빠지고 말았지."

이 대목에서 야나는 눈알까지 굴리더라. 그러곤 진지하게 나를 보며 말했어.

"그래서 우리가 서둘러 찾은 곳이 바로 이 콧구멍 같은 곳이었어. 한 가지 네가 반드시 믿어야 하는 게 있는데, 카로, 이곳은 단지 우리가 찾은 일시적인 해결책이라는 거야. 엄마 아빠가 이혼하실 때까지 말이야."

그렇게 말하고 야나는 가방에서 담뱃갑을 꺼냈어.

"한 가지 내가 믿어야 하는 게 있다면, 앞으로 나는 네가 하는 그 어떤 말도 믿지 않을 거라는 거야."

나는 침착하게 대꾸했어.

"이건 진짜 백 퍼센트 사실이라고!"

야나는 손에 들고 있던 담뱃갑을 불안하게 만지작거렸어.

"맹세한다니! 하지만 이혼까지는 아마 시간이 좀 걸리긴 할 거야. 우리 아빠가 새로 사귄 젊은 여자랑 6개월 정도 머물 예정으로 캘리포니아로 갔거든. 그 여자의 이름은 욜란다이고 거기서 지금 영화를 촬영하고 있는 중이야."

"말이 어딘지 앞뒤가 맞지 않네. 난 이해할 수 없다."

나는 의심스러운 말투로 그 애의 말을 막았어.

"너, 우리한테는 너희 아빠가 포토 스튜디오 사장님이라고 얘기했었잖아."

"그래."

이제 야나는 담배를 한 개비 빼서 불을 붙였어. 그러곤 분홍색 라이터를 조심성 없이 화장대에 던졌고, 그 바람에 매니큐어 두 개가 넘어졌어.

"포토 스튜디오도 갖고 있지. 네 말이 맞아. 하지만 그것뿐 아니라, 우리 아빠는 많은 사람들이 찾는 카메라맨이기도 해. 할리우드에서 말이야. 그래서 언젠가는 나와 영화도 함께 찍을 거야……."

나는 침대에서 일어나 문 쪽으로 걸어갔어. 야나가 놀라서 벌떡 일어났어.

"어딜 가려는 거니?"

"집에. 이 정도면 동화는 들을 만큼 들은 것 같아서."

내가 문 손잡이를 잡자, 야나가 내 팔을 단단히 부여잡고 말했어.

"가지 마, 제발 부탁이야!"

나는 처음으로 야나가 정말로 내 말을 진지하게 받아들인다는 느낌이 들었어.

"내가 여기 있어야 하는 그럴듯한 이유 한 가지만 말해 봐!"

"그, 그래."

야나가 말을 더듬었어.

"지금은 아무리 미안하다고 해 봤자 이미 늦은 것 같다. 잘 들어, 카로. 정말정말 미칠 정도로 미안하다……."

나는 가차 없이 야나의 말을 가로막았어.

"야나, 너는 우리가 이런 수고를 아끼게 해 줄 수는 없었던 거니?"

"갑자기 아끼긴 뭘 아껴? 너, 혹시 돈이 필요하니?"

야나가 물었어.

"아니."

"내 포인트를 너한테 넘기라는 거야, 그럼?"

야나는 신경질적으로 노트북을 가리키면서 계속 포인트 이야기를 했어.

"기다려! 내가 지금 잽싸게 네 점수 돌려 줄 테니까. 그뿐이겠니? 몇 포인트 더 얹어서 줄게."

"관심 없어."

"너, 혹시 '온 쇼'로 다시 돌아오고 싶니? 내가 파비앙 아저씨에게 너에 대해 좋게 이야기해 줄게. 그 사람은 너를 좋아하니까 아무 문제 없이 전부 해결해 줄 거야. 말만 해……."

"그건 끝났고."

"빌어먹을! 그럼 네가 원하는 게 뭔지 말해! 젠장!"

야나는 거칠게 담배를 빨았어. 그래서 나는 이렇게 대꾸했어.

"내가 계속 원했던 것은 단 한 가지, 네 친구가 되는 거야. 하지만 나는 이제 그게 불가능하다는 걸 깨달았어. 너의 삶 속에는 '온 쇼'와 네가 쌓을 경력만 중요하지, 누가 봐도 진정한 우정을 위한 자리는 없으니까."

야나는 아무 말도 하지 않고 담배가 꽁초까지 타들어가는 걸 가만히 보고 있었어. 내가 집에 가려고 그 애를 막 밀치려는데, 그 애가 중얼거렸어.

"나는 지금까지 진정한 친구가 한 명도 없었어. 왜 그런지 모르겠지만⋯⋯."

야나는 나를 힐끗 쳐다보고는 다시 필터까지 타들어간 담배를 바라보며 말했어.

"그리고 몇 년 전부터 아무에게도 내 거지 같은 생활에 대해 말하지 않았어. 말은 해서 또 뭐하게?"

갑자기 야나의 말투에 진심이 묻어나는 것 같았어. 더 이상 거만한 야수 야나 슈퍼스타도, 또 더 이상 빠져나갈 길이 없는데 빠져나가겠다고 필사적으로 거짓말을 하는 거짓말쟁이 같지도 않았어. 그저 야나의 말투는 무척 씁쓸하고, 기가 죽은 데다 낙심한 듯했어.

"그거야 누군가에게 진심을 털어놓을 수 있다는 건 그 자체만으로도 좋은 거니까."

나는 조심스럽게 말했어.

야나가 막고 있던 문에서 비켜 서고는 담배를 재떨이에 넣었어. 처음에 나는 그 애가 이상하게 멍해 보인다 싶었는데, 곧 울고 있다는 걸 알아차렸지. 야나는 입술을 꼭 다물고 눈물을 거칠게 닦아 냈어.

"빌라에서는 한 번도 살아 본 적 없어."

마침내 야나의 고백이 시작됐어.

"우리 아빠는 카메라맨도 아니고, 포토 스튜디오를 갖고 있지도 않아. 몇 년 전부터 아빠 얼굴을 본 적이 없어."

"왜? 아빠가 함부르크에 살아서?"

야나는 다시 담뱃갑을 잡고는 힘없이 침대에 주저앉았어.

"함부르크 역시 가 본 적 없어."

그러곤 담뱃갑을 만지작거렸어.

"엄밀히 말하자면, 나는 아빠에 대해 아는 게 없어, 전혀."

"뭐라고? 넌 그럼 아빠가 누군지 모른다는 거니?"

나는 깜짝 놀라서 물었어.

야나가 고개를 끄덕였지.

"엄마에게 아빠에 관해 한 번도 물어보지 않았어?"

야나가 비웃는 눈길로 나를 바라보았어. 담뱃재가 바닥에 떨어졌지만, 아랑곳하지 않았지.

"수천 번도 더 캐물었을 거야. 하지만 저 나쁜 여자는 아무 말도 하지 않았지……."

"그럼 그 사람은 누구니? 가끔 포르쉐로 너를 학교까지 바래다주는 사람 말이야."

야나는 입꼬리를 올리며 웃었어.

"그렇게 하니까 멋져 보이지, 응?"

야나는 또 얼굴을 쓱 훔쳤어.

"그 사람은 엄마의 오빠야. 우리 삼촌은 그 정도면 성공한 거지. 삼촌은 어디 부동산 업체 같은 곳에서 일해. 내 아이폰이랑 노트북도 삼촌한테서 받은 거야. 노트북은 삼촌이 쓰던 거고. 삼촌은 가끔 우리한테 돈도 찔러 주곤 해. 얼마 전에 내가 너한테 흔들어 보였던 그 지폐 다발, 기억하니?"

나는 고개를 끄덕였어.

"그 돈은 삼촌이 우리에게 방세라도 내고 살라며 준 돈이었어."

야나가 갑자기 경멸 어린 표정을 지었어.

"너, 그거 아니? 저 여자는 빚을 엄청나게 지고, 아무것도 제대로 하는 게 없어. 내 아빠가 누군지도 몰라. 판매원이던 직업도 잃어, 제대로 된 컴퓨터 한 대 없이 바보같이 직업 재교육은 웹디자이너 교육으로 받았지. 그리고 이젠 피부 미용사로 전환해서 재기해 보겠대. 하지만 이렇게 손님이 없는데, 그게 가능하겠어?"

나는 무슨 말을 해야 할지 몰라 난감했어.

"그때 내가 너희들과 파리로 수학여행을 못 가게 되었을 때 있잖아. 나는 그제야 제대로 숨통이 틔는 것 같더라. 적어도 그 일 때문에 여행을 못 가는 공식적인 이유가 생겼으니까. 안 그래도 어차피 여행은 못 갔을 거야. 우리 엄마는 딸에게 쓸 단돈 1센트의 여윳돈도 없으니까."

"하지만 보조금이 있잖아. 경제적으로 여유가 없는 가정에게 지급하는 뭐 그런 거."

잘 알진 못하지만 그래도 나는 보조금 이야기를 해 봤어. 야나는 다시 담뱃갑을 주워 들면서 말했어.

"나쁘게 생각하지 말고 들어, 카로. 너는 이런 상황을 이해하지 못해. 너는 평범한 가정에서 크게 부족함 없이 살고 있지. 부모님과 함께 살고, 너희 부모님은 너를 위해서라면 거의 모든 걸 해 주시지, 맞지?"

나는 고개를 끄덕였어. 야나는 경멸에 찬 얼굴로 씩씩거리며 문 쪽을 향해 고갯짓을 하고는 이렇게 말했어.

"하지만 저 여자는? 저 여자는 자기 자신조차 제대로 돌볼 능력이 없는 사람이야. 주말마다 온라인에서 알게 된 사람을 만나러 행진하듯 나가지. 자기를 좋아하는 남자들 중에서 어떤 얼빠진 백만장자라도 찾게 될지 모를 일이니까. 하지만 그런 사람을 만난다 한들, 나중에 저 여자가 봉지 스프 하나도 제대로 끓일 줄 모른다는 걸 알게 되면, 그 사람 역시 떠나고 말겠지. 지금까지 그랬던 모든 사람들처럼."

나는 갑자기 엄청 우울해졌어. 그건 낱낱이 드러난 비밀 때문이라기보다, 야나에게서 뿜어져 나오는 깊은 절망 때문이었던 것 같아. 어떤 해결책이나 도움의 손길을 찾아야 할 것 같아서 나는 골똘히 생각에 잠긴 채 화장대 의자로 가서 앉았어.

"삼촌네에서 살 수는 없어?"

"나야 그러고 싶은 마음이 굴뚝같지. 하지만 프레드 삼촌 말이 그렇게 되면 저 여자는 자기랑 다시는 말을 하지 않을 거래. 그래서 삼촌은 그런 위험을 감수하고 싶지 않은 거고. 삼촌도 참 패기 없는 남자일 뿐이야."

"그럼 다른 애들과 함께 사는 아파트를 얻는 건 어때?"

"대체 무슨 돈으로?"

야나는 인상을 찡그렸어.

"더군다나 그런 건 벌써 해 봤고. 두 번이나 집을 나갔었는데, 두 번 다 날쌘 경찰이 재빨리 날 붙잡아서 다시 제자리에 돌려놓았지."

야나는 몸을 숙이고 넓적다리로 몸을 지탱하며 말했어.

"그래서 내가 이 가짜 사진들을 '온 쇼'에 올렸던 거야. 적어도 거기 선 내가 원하는 삶을 꾸려 갈 수 있으니까."

"그런 사진들은 어떻게 만들어 냈니? 포토샵?"

야나는 한숨을 푹 쉬고 대답했어.

"그 사진들, 멋있지 않니? 아니, 그건 전부 진짜야. 프레드 삼촌이 파산한 사람들이 살던 고급 빌라를 조사하러 갈 때 나도 삼촌을 따라 갔거든. 그리고 삼촌에게 사진을 찍어 달라고 부탁했고. 학교에서 하는 프로젝트 과제라면서, 하하하."

"그렇게 이중생활을 하다니 상상할 수 없을 정도로 긴장되었겠다, 얘. 넌 이런 이중생활을 언제까지 계속할 거니?"

"모르겠어."

야나는 피곤해하며 어깨를 으쓱해 보였어.

"만약 내 팬들이 야나 슈퍼스타가 사실 바퀴벌레가 춤추는 이 허물어져 가는 철거 촌에서 궁색하기 짝이 없이 살고 있다는 걸 알게 된다면, 과연 나한테 포인트를 줄까?"

야나는 경멸 어린 표정으로 웃다가, 다시 진지해졌어.

"'온 쇼'는 나를 여기서 탈출하게 해 줄 티켓이야. 그걸 위해 이 지옥과 다른 지옥을 맞바꾸게 되더라도."

"그게 무슨 말이니?"

"네가 내 말을 믿지 않을 거라는 거 알아. 하지만 루벨라 클럽에서 너를 그렇게 구역질 날 정도로 웃음거리로 만든 거, 난 정말 재미없었어. 정말 바닥까지 철저하게 부끄러웠어. 사실 너와 에디의 우정에 질투까지 났지."

야나는 잠깐 코를 훌쩍였어.

"그리고 가슴 수술은 나도 절대 하고 싶지 않아. 그건 그냥 말만 그렇게 한 거야. 왜냐면 '온 쇼' 사람들은 그런 말을 듣고 싶어 하니까. 그 사람들이 세운 규정을 지키지 않으면, 셋도 세기 전에 아웃이니까. 난 처음엔 그런 것 따위 신경 쓰지 않았지. 그런데 이 멍청한 게임이 사람을 지치게 하네. 너, 파비앙 폰 슈테를리츠 기억하지?"

"클럽에서 본 그 사람 말이지……."

"그 사람이 나한테 그러더라. 자기는 나를 믿고, 내가 최고라고 생각한다고. 그래서 선글라스 영수증도 나에게 주었고, 내가 4위가 되는 데도 뭔가 도움을 주었던 것 같아. 이제 그 사람이 감사의 뜻으로 내가 자기와 동행해서 뉴욕으로 다녀오길 원하고 있어. 그 사람은 내가 정말로 열일곱 살이라고 생각하나 봐."

230

나는 충격을 받은 나머지 아무 말도 못 하고 야나를 빤히 보고만 있었어. 그 천박한 인간들을 생각하는 것만으로도 기분이 나빠졌어.

"그 사람 완전히 인간 쓰레기다! 그래서 너는 어떻게 할 건데?"

야나는 악에 받혀 얼굴을 일그러뜨렸어.

"우리끼리 하는 말인데, 나도 파비앙이 아주 역겹다고 생각해. 그 사람도 레니와 똑같은 뻔뻔한 인간 쓰레기야. 하지만 내가 뉴욕에 안 가겠다고 하면, 나는 '온 쇼'에서 하차해야 해. 가겠다고 하면, 난 다시는 내 얼굴을 똑바로 볼 수 없을 거야."

나는 곰곰이 생각해 보았어.

"만약에 네가 하고 싶은 걸 할 수 있다면, 가장 하고 싶은 게 뭐니?"

"정말 진심으로 원하는 거? 이 파비앙인지 쓰레기인지 하는 인간을 다시는 만나지 않고, 나만의 아파트로 혼자 이사를 가는 것, 그리고 너처럼 행실이 바른 사람을 사귀는 것. 그게 내가 가장 하고 싶은 일이야."

"네가 '온 쇼'에서 하차하길 원하면, 언제든 도와줄게."

나는 그렇게 약속하고는 덧붙였어.

"그리고 네가 안고 있는 다른 문제들도 해결책이 있을 것 같아."

"어떻게 그게 가능하니? 너, 이 모든 일을 겪고도 혹시 나한테 한 번 더 기회를 주려는 거니? 그럴 생각 없다고 했잖아."

"솔직히 말해서, 난 네가 나한테 한 짓들이 정말 끔찍해. 그래서 사실 너와 다시는 그 어떤 일로도 엮이고 싶지 않았어. 하지만 그땐 또 이런 사정들을 몰랐으니까."

나는 숨을 깊이 들이마셨어.

"우리, 새로운 협정을 맺자. 네가 지금까지 말한 게 정말 사실이라면, 우리 둘 다 오늘 당장 '온 쇼'에서 탈퇴하고 우리들의 우정에 기회를 주자. 그런 다음, 네가 지낼 만한 곳을 찾아보자고. 백지장도 맞들면 낫다잖아."

"넌 미친 게 분명해. 그것도 완전히. 미치지 않고서야 어떻게 이럴 수 있니?"

야나가 믿을 수 없다는 듯 말했어.

나는 야나를 바라보며 웃었어.

"그래, 그렇다면 미친 걸로 하자, 그것도 완전히."

야나는 한 손으로 뺨을 문지르고는 일그러진 얼굴로 웃어 보였어.

"해 보자, 카로, 나도 평화를 찾고 싶어……. '온 쇼'는 이제 개한테 줘 버리라고 해. 나, 오늘 마지막으로 게시물을 올리고 나의 팬들에게 정중하게 작별 인사를 할 거야. 그런 다음엔 모든 게 끝나는 거지. 네가 아직 나를 믿지 못해도, 너를 나쁘게 생각할 자격이 없어. 내가 네 입장이어도 나를 믿지 못할 테니까. 하지만 집에 도착하는 즉시, 너는 평소와 달리 내가 솔직하게 말했다는 걸 알게 될 거야."

나는 조심스럽게 내 카메라 뚜껑을 열었어. 그러곤 야나에게 메모리카드를 건넸어.

야나는 이건 뭐냐는 표정으로 나를 보았지.

"이걸 어떻게 하라는 거야?"

나는 대답했어.

"전부 삭제해."

야나가 탈퇴했어

너도 기억하지? 내가 야나라는 아이가 베스트프렌드는거녕 내 친구가 맞기는 한 건지 계속 의심했던 거 말야. 집으로 돌아오는 길에 나는 내 자신을 비판적으로 돌아보았어. '나는 과연 그 아이를 진정한 친구로 대한 적이 있었던가? 내가 조금이라도 지각이 있는 사람이라면, 그 아이의 기가 턱턱 막히는 이야기들이 거짓이었음을 이미 오래 전에 깨달았어야 하지 않았을까? 왜 나는 한 번도 더 자세히 귀를 기울이거나, 되풀이하여 물어보지 않았을까? 아마도 그 아이의 자신감 넘치는 태도에 좋아라 하며 속아 넘어가고 싶었을지도 몰라. 맞아, 야나의 슈퍼스타 쇼의 뒷면을 들여다보려고 하기보다 그저 야나처럼 되고 싶어 혈안이었지.

이 모든 것들이 오늘부터 변할 거야. 이제부터 나는 야나의 편이 되고 싶어. 물론 진정한 야나의 편이. 야나는 이제 자신의 비밀이 내 손에서 벗어나지 않으리라는 걸 믿고 안심하게 될 거야.' 라고 말이야.

집에 도착하자 나는 약속했던 대로 에디에게 전화를 걸어, 내가 야나에게 마지막 기회를 주려고 한다는 말을 하려고 했어. 그 뒷이야기는 말할 것도 없고. 하지만 에디는 내 이야기에 전혀 귀를 기울이지 않고, 계속해서 쓰레기 같은 동영상을 찍어 왔는지만 알고 싶어했어. 그래서 하는 수 없이 버튼을 잘못 눌렀다고 얘기하는 수밖에 없었지!

"뭘 어떻게 했다고?"

에디가 깜짝 놀라서 묻더라. 그때 나는 노트북을 켜고 있었어.

"바보 같은 실수를 저지르고 말았다고. 아이팟엔 아무것도 녹화되지 않았어."

"그럼 네 카메라로도 아무것도 못 찍은 거야?"

에디는 큰 소리로 말했어.

"아니. 하지만 그 애한테 메모리카드를 줬어."

"너, 정신이 이상한 거 아니야?"

에디가 전화기에 대고 고함을 쳤어.

"에디, 솔직히 너도 그 애를 봤었어야 해."

나는 상세하게 말하지 않고 어떻게든 에디를 진정시켜 보려고 했어.

"야나가 어찌나 미안해하던지, 도저히 그런 짓은 못 하겠더라……."

"야, 홍당무! 내가 하는 말 기분 나쁘게 듣지 마. 그 애 말이야, 틀림없이 이번에도 또 널 속인 거야."

"이번엔 아니야. 진짜라고!"

나는 인터넷을 켰어.

하지만 에디는 전혀 진정될 기미가 보이지 않았어.

"나는 도저히 이해가 안 된다. 네가 왜 너의 유일한 비장의 카드를 그 애한테 줬는지. 그것만 있으면 그 애는 바로 '온 쇼에서 끝장나는 건데……."

"'온 쇼'는 이제 지나간 일이야. 야나는 '온 쇼'에 작별 인사만 하고 오늘 내로 탈퇴할 거야. 그렇게 하기로 나한테 약속했어."

나는 새로 올라온 게시물들을 재빨리 훑어보면서 말했어.

"약속해? 그 애한테 '약속한다.'라는 말은 '웃기고 있네.'라는 말과 같은 뜻이라고."

에디는 여전히 누그러지지 않았지.

나는 모니터를 눈으로 죽 훑었어. 어디에도 야나가 올린 게시물은 보이지 않았어. 작별의 인사말도 물론 보이지 않았지.

"나, 방금 온라인 접속했는데 야나 글은 전혀 찾을 수 없거든?"

나는 의기양양하게 말했어.

"에디, 이번엔 야나가 진짜로 약속을 지켰어. 야나가 탈퇴했다니까. 이젠 내 차례만 남았어."

"말도 안 돼. 그 애가 또 속임수를 쓴 거야. '온 쇼'가 없는 야나는 개똥 없는 파리 떼와 같아."

에디가 투덜대며 말했어.

"내 말 못 믿겠으면, 네 눈으로 직접 봐라."

"도대체 어떻게 보라는 거냐? 우리 엄마 아빠가 컴퓨터에 접근하지 못하게 하는 거 잘 알면서. 그리고 내 아이팟은 아직도 네 손에 있잖아! 근데 나는 언제쯤이면 아이팟을 돌려 받나?"

에디는 화가 나서 소리를 질렀어.

"너, 왜 그러니? 지금까지 내내 나한테 야단만 치고. 너, 나한테 뭐 기분 나쁜 거 있니?"

나는 불안해하며 물었어.

잠시 정적이 흘렀지. 그런 다음 에디가 솔직하게 말했어.

"그냥 잠깐 화가 난 것뿐이야. 사악한 뱀에게 제대로 복수할 순간만 목을 빼고 기다리고 있었거든."

에디는 헛기침을 흠흠 하고는 말했어.

"하지만 걱정 마, 홍당무. 내일쯤이면 아마 화가 다 풀려 있을 테니까……"

에디와 전화를 끊고 난 다음, 나는 내 불운의 아이콘이 되어 버린 동영상을 삭제하려고 재킷에서 에디의 아이팟을 꺼냈어. 기기에 접속하기 위해선 아이팟에 우리 집 무선랜의 비밀번호를 적어야 했지.

나는 주저하지 않고 비밀번호를 적고는 차분하게 에디가 깔아 놓은 앱들을 살펴보았어. 에디답게 게임 어플이 많더라. 나는 사진 앱을 터치했어. 그러다 놀랍게도 28분짜리 동영상을 보게 되었어. 이건 뭐지? 화면은 깜깜했지만, 무슨 소음 같은 것과 목소리가 들렸지.

내 재킷 주머니에서 전혀 의도치 않게 녹화된 거라 거의 허섭스레기라 할 만한 수준이었어. 엉터리 동영상 옆에는 몇 장의 사진이 있었어. 사진들이 얼마나 작은지 뭘 찍었는지 알아보기 아주 힘들었지. 나는 호기심이 발동하여 사진들을 차례로 열어 보았어. 잠시 후 빙그레 웃음이 지어졌지. 아마 열 장에서 열두 장쯤 되었을까? 사진 속 인물은 모두 똑같은 여자아이를 찍은 것들이었어. 그 아이는 바로 나였어. 아니, 창피해할 사진은 하나도 없었어. 운동장에서 몰래 찍은 것, 아니면 교실의 뒤쪽에서 비스듬하게 찍은 것들이었어. 그런데 내가 선명하게 잘 나온 사진은 하나도 없더라. 그래서 나는 꼬마 스토커를 기쁘게 해 주기로 마음먹고 아이팟으로 내 셀카를 몇 장 찍었지. 게다가 그 중 한 장은 배경화면으로 지정했고. 배경화면을 보면서 나는 웃지 않을 수 없었어. 금이 죽죽 간 액정 때문에 내 모습이 주름이 자글자글한 할머니처럼 보였거든. 게다가 '온 쇼'의 푸른색을 배경으로 한 흰색 알파벳 'O'가 내 오른쪽 눈 위에 떡하니 올라가 있지 뭐니? '온 쇼' 어플은 진짜 근사해 보여서 난 열어 볼 수밖에 없었어. 그리고 내가 맨 처음 발견한 게 뭔지 아니?

야나의 게시물이었어. 새 신발을 찍은 거라며 멍청한 사진 한 장이 올라와 있더라! 불과 22분 전에 등록한 게시물이었어. 게다가 그사이 벌써 124포인트나 모았더라고.

이건 있을 수 없는 일이야!

나는 흥분해서 내 노트북에 있는 '온 쇼' 사이트와 비교해 보았어. 내 노트북엔 야나의 게시물이 뜨지 않았어, 전혀.

나는 이 사실이 도저히 믿을 수가 없어서 에디의 아이팟을 멍하니 바라보았어. 그러자 야나의 게시물이 팝콘처럼 툭 튀어나왔지.

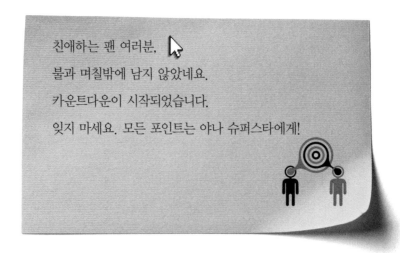

친애하는 팬 여러분,
불과 며칠밖에 남지 않았네요.
카운트다운이 시작되었습니다.
잊지 마세요. 모든 포인트는 야나 슈퍼스타에게!

아무리 보아도 고별의 글처럼 보이진 않았어.

게다가 이 게시물은 에디의 아이팟에만 떴어. 왜 에디의 아이팟엔 뜨는데, 내 노트북엔 안 뜨는 걸까?

1분을 꽉 채운 다음에야 나는 마침내 그 이유를 알 수 있었지. 야나는 탈퇴를 한 것이 아니었어. 다만 나를 친구 목록에서 삭제한 거지.

처음에 나는 그걸 어떻게 받아들이고 반응을 해야 할지 몰라 너무 당혹스웠어. 하지만 그 순간이 지나자 분노가 나를 휘감았지. 엄청난 분노였어. 말로 다할 수 없는 엄청난 분노.

나는 화가 나서 에디의 아이팟으로 찍은 동영상을 보며 다시 한 번

내 자신을 책망했어. 그런데 참을성을 갖고 계속 지켜보니 흐릿하게 초점이 흔들린 영상들 사이로 흥미로운 화면들이 휙휙 지나갔고 의미심장한 장면들이 눈에 들어왔어. 그것은 목욕 가운을 입은 야나의 엄마, 거실에 펼쳐져 있던 침대 소파 그리고 망가진 옷장과 끔찍한 사진 벽지가 붙어 있는 특이한 방 안 이곳저곳을 찍은 것이었어. 중요한 장소들에서 내가 스크린숏*으로 찍었었나 봐. 그 다음, 나는 다시 28분짜리 화면 없는 동영상이 생각났어. 나는 숨을 죽인 채 되돌리기를 했고, 우리가 나누었던 진솔한 대화 전부가 녹음된 걸 알고는 뛸 듯이 기뻤어. 나는 한동안 이리저리 살펴본 결과, 사진들과 스크랩한 것들을 나에게 이메일로 보낼 수 있는 방법을 알게 됐어. 그런 다음, 내 노트북으로 가서 '최고의 장면'이라는 이름으로 이것들을 한데 모아 영상 모음을 만들었지. 그 안엔 야나가 자기 엄마에 대해 했던 무례한 표현들, 가짜 사진들에 대해 밝힌 진실 그리고 '온 쇼'에 대한 소견과 파비앙에 대한 아주 특별한 발언이 함께 있었어. 내가 찍은 몇 장의 사진들과 함께 이 폭발적인 영상 모음을 '온 쇼'에서 밝힐 계획이었어. 뒤이어 나는 에디의 아이팟에서 나의 흔적들을 삭제했어.

---

*현재의 디스플레이 화면상의 화상을 따로 저장 버튼을 누르지 않아도 그대로 파일로 보존하는 것.

야나가 잘 지내길 바라

바로 그때 엄마가 불쑥 내 방으로 들어왔어.

"30분 뒤에 밥 먹을 거야."

말은 그렇게 했지만, 엄마는 내 어깨 너머로 컴퓨터를 몰래 들여다보았어.

"지금 누구랑 채팅하고 있니?"

"에디요."

나는 있는 그대로 말했어.

그러자 엄마가 짓궂게 입을 비죽이고는 얼마 전부터 에디의 야구 모자를 쓰고 있는 내 토끼인형을 가리켰어.

"네 친구 에디가 잊어버리고 모자를 두고 갔나 보다."

"저건 그냥 모자가 아니라 야구 모자예요. 그리고 잊어버리고 두고 간 게 아니에요."

나는 엄마의 말을 바로잡았어.

"그거나, 그거나."

엄마는 많은 말이 함축된 그 두 마디를 하고는 다시 문을 닫고 나갔어.

나는 빙그레 미소를 지었어.

네 친구 에디라니, 너무 듣기 좋았어!

에디와 나, 우리 둘은 함께 '온 쇼'에서 탈퇴를 했고 앞으로는 '온 쇼'에 관련된 그 어떤 것에도 참여하지 않으려고 해. 어쩌면 마지막 배

240

신에 흥분해서 경솔하게 행동한 것일 수도 있겠지만, 야나 때문에 쌓였던 울분을 한 번에 날려야만 했어. 어쨌든 나는 야나의 진상을 드러내는 자료를 내 손으로 직접 게시할 정도로 바보는 아니었어. 나는 '온 쇼'의 제일가는 떠벌이, 괴짜 게르트에게 이름을 밝히지 않고 영상 모음 전체를 메일로 보냈어. 효과가 없지 않았지.

처음엔 야나 슈퍼스타의 몰락을 지켜보는 게 큰 재미를 주었어. 각종 온라인 매체를 통해 몇 차례 소용돌이치듯 파란이 일고 난 뒤, 야나는 공식적으로 '온 쇼'에서 제명되었고, 뿐만 아니라 파비앙 폰 슈테를리츠 역시 회사에서 쫓겨났지. 그 소용돌이를 겪은 뒤에 최종적으로 누가 행운의 승자가 되어 '온 쇼'의 앵커로 발탁되었는지는 전혀 몰라. 솔직히 말하자면, 난 이제 그런 것엔 더 이상 관심도, 흥미도 없어.

조금 시간이 지나니 양심의 가책도 찾아왔어.

야나는 다시 학교로 돌아오지 않았어. 그 아이에 대해 아무도 아는 사람이 없었어. 그냥 흔적도 없이 사라져 버렸지. 심지어 언젠가는 에디와 함께 야나가 살던 그 지저분한 건물로 찾아간 적도 있었어. 아직도 고치지 않고 망가진 채로 있던 건물 출입문 위에 누군가 '볼프'라는 명패를 붙여 놓았더라. 그걸 본 나는 젖먹던 용기를 내어 야나에게 전화를 걸었어. 내가 무슨 말을 하려고 그랬을까? 그건 나도 모르겠어. 아무튼 녹음된 목소리가 그 번호는 없는 번호라고만 알려 줬어.

이것도 벌써 몇 개월 전의 이야기야. 그 아이는 앞으로 어떤 일을 하고 살까? 그 아이가 언젠가는 엄마와 함께 함부르크로 이사를 가게 될 거라는 기분 좋은 상상을 종종 해. 모든 걸 새롭게 시작하기 위해서 말이야. 어쩌면 모델 일을 시작할지도 모르지. 야나는 그럴 만한 재능이 분명히 있으니까. 하지만 만약 잘 안 풀린다면……, 내가 무슨 상상을 하는지 말하지 않는 게 좋을 것 같다. 나는 그저 그 애가 잘 지내길 바라는 마음일 뿐이야.

나는 너에게 이 이야기를 모두 털어놓고 싶었어. 그런데 진짜 그 누구에게도 이 비밀을 말해선 안 돼. 난 너 외엔 아무도 못 믿겠어. 난 알고 있지. 너한테선 비밀이 그대로 비밀로 남는다는걸. 그래서 세상 사람들이 금방 그 비밀을 알게 되는 일은 없으리라는걸.

주니어김영사 청소년 문학 05
'좋아요'를 눌러 줘!

1판 1쇄 발행 | 2014. 2. 28.
1판 9쇄 발행 | 2023. 10. 1.

토마스 파이벨 지음 | 함미라 옮김

발행처 김영사 | **발행인** 고세규
편집 김지아
등록번호 제 406-2003-036호
등록일자 1979. 5. 17.
주소 경기도 파주시 문발로 197 (우10081)
전화 마케팅부 031-955-3100 편집부 031-955-3113~20
팩스 031-955-3111

값은 표지에 있습니다.
ISBN 978-89-349-6678-4 43850

좋은 독자가 좋은 책을 만듭니다. 김영사는 독자 여러분의 의견에 항상 귀 기울이고 있습니다.
독자의견전화 031-955-3139 | 전자우편 book@gimmyoung.com
홈페이지 www.gimmyoungjr.com | 어린이들의 책놀이터 cafe.naver.com/gimmyoungjr

이 도서의 국립중앙도서관 출판시도서목록(CIP)은 서지정보유통지원시스템
홈페이지(http://seoji.nl.go.kr)와 국가자료공동목록시스템(http://www.nl.go.kr/kolisnet)에서
이용하실 수 있습니다. (CIP제어번호 : CIP2014005345)

어린이제품 안전특별법에 의한 표시사항
제품명 도서 **제조년월일** 2023년 10월 1일 **제조사명** 김영사 **주소** 10881 경기도 파주시 문발로 197
전화번호 031-955-3100 **제조국명** 대한민국 ⚠**주의** 책 모서리에 찍히거나 책장에 베이지 않게 조심하세요.